FABLES

DE DIVERS AUTEURS

ESPAGNOLS ET ITALIENS

TRADUITES POUR LA PREMIÈRE FOIS EN VERS FRANÇAIS,

SUIVIES

D'UN CHOIX DE FABLES EN PROSE

ET DU 4me, 6me, 7me, 31me, 32me, 33me 34me CHANTS DE L'ENFER
DE DANTE ET DU 6me DU PURGATOIRE

PAR

HIPPOLYTE TOPIN,

ANCIEN PROFESSEUR DE L'UNIVERSITÉ DE FRANCE
MEMBRE CORRESPONDANT DE L'INSTITUT ÉGYPTIEN, DE L'ACADÉMIE
DE VALDARNO DEL POGGIO, ET AUTRES SOCIÉTÉS LITTÉRAIRES ETC. ETC.
PROFESSEUR DE LITTÉRATURE FRANÇAISE A L'ÉCOLE NORMALE
SUPÉRIEURE DE PISE ET A L'INSTITUT ROYAL DE MARINE
MARCHANDE DE LIVOURNE.

. . . . . Licuit semperque licebit
Parcere personis dicere de vitiis.

Ex. Aphor. lat.

Il fut et il sera toujours permis de censurer les vices
en ménageant les personnes.

The best and surest method of advice
Should spare the person, though it brands the vice.

BUXTON'S, *Anat. of Melancoly.*

———o•{•}•o———

LIVOURNE,

IMPRIMERIE DE FRANÇOIS VIGO

—

1872.

FABLES

DE DIVERS AUTEURS

ESPAGNOLS ET ITALIENS

TRADUITES POUR LA PREMIÈRE FOIS EN VERS FRANÇAIS,

SUIVIES

D'UN CHOIX DE FABLES EN PROSE

ET DU 31me, 32me, 33me e 34me CHANTS DE L'ENFER DE DANTE,
ET DU 6me DU PURGATOIRE

PAR

HIPPOLYTE TOPIN

ANCIEN PROFESSEUR DE L'UNIVERSITÉ DE FRANCE
MEMBRE CORRESPONDANT DE L'INSTITUT ÉGYPTIEN, DE L'ACADÉMIE
DE VALDARNO DEL POGGIO, ET AUTRES SOCIÉTÉS LITTÉRAIRES ETC. ETC.
PROFESSEUR DE LITTÉRATURE FRANÇAISE À L'ÉCOLE NORMALE
SUPÉRIEURE DE PISE ET À L'INSTITUT ROYAL DE MARINE
MARCHANDE DE LIVOURNE.

. . . . . Licuit semperque licebit
Parcere personis dicere de vitiis.

Ex. Aphor. Lat.

Il fut et il sera toujours permis de censurer les vices
en ménageant les personnes.

The best and surest method of advice
Should spare the person, though it brands the vice.

BUXTON's, *Anat. of Melancoly.*

LIVOURNE,
IMPRIMERIE DE FRANÇOIS VIGO
—
1872.

NOTICE SUR LES FABULISTES ITALIENS

D'où est venu l'apologue en Italie? c'est encore vers l'orient qu'il faut tourner les yeux. Mais quel a été son caractère en orient? la pensée religieuse et la liberté en ont fait le fond. Si dans la suite des temps la servitude a du le rendre obscurément politique ce n'a pu être que sous des gouvernements incompatibles avec la liberté des peuples.

Depuis les premiers apologues connus jusqu'en 1824, la *petite galerie* des fabulistes de Coupé S.t Donnat en mentionne 400 et au delà. *Nota bene* qu'il reste à paraitre un supplément de cette époque à 1872. La fable aussi n'a pas encore dit son dernier mot... Les académiciens des grandes nations sont toujours à l'œuvre ; témoin tels et tels qu'on pourrait citer: le feu de l'apologue couve toujours sous la cendre c'est la lampe du sanctuaire qui ne s'éteint jamais. Laissons aller, passons à l'Italie : elle aussi a un beau contingent à faire valoir; y trouver un Lafontaine, non, pas plus qu'ailleurs, mais des fabuliste de mérite, oui !

Quand on entreprend en Italie de parler philosophie, éloquence, poésie ou prose il faut nécessairement remonter au Jupiter de sa littérature et à quelques poètes antérieurs au douzieme siècle, et saisir cette langue, qui ne bégayait plus du moment où la poésie s'élançait de la Sicile pour s'asseoir, se consolider, grandir dans la péninsule en s'harmoniant, avec le pélasge, l'étrusque, le latin, l'arabe, l'espagnol, le provençal. Au moment où Dante parut la poésie et la politique étaient en fusion et bouillonnaient dans la vaste périphérie de l'Italie. Déjà, avait fleuri la poésie légère, par des sonnets, des chansons, des odes, l'apologue excepté: ce n'était pas qu'il ne fut pas connu, mais il n'était pas cultivé comme genre de poésie.

Un fait historique reste aujourd'hui constaté c'est que l'Italie a eu des fables en langue vulgaire dès le XI siècle lors qu'il n'existait encore que les fables d'Ésope connues en Europe, et que celles de Phèdre y étaient ignorées. Ce genre de composition était même devenu commun en Italie. Cette partie de l'histoire littéraire a quelque chose de singulier qui n'a pas été assez étudié, ni connu, et qui mérite attention. Ginguené un de ceux qui se sont occupés des choses littéraires de l'Italie a traduit ou plutôt imité assez médiocrement quelques fables de divers fabulistes.

Les auteurs italiens n'ont parlé que très-sommairement de la fable, soit dans leurs cours de littérature, soit dans leurs arts poétiques. Zanotti, Manzini, Costa, Soave, ont suivi l'exemple de Boileau : et quelles considérations pouvaient les arrêter ? aucune. Libres et indépendants ils pouvaient tout dire sur le compte de leurs fabulistes. Mais parceque Aristote et Horace n'ont point parlé de l'apologue, parceque Aristote regardait tout récit comme rentrant dans l'épopée ils ont gardé le silence sur ce genre de composition. Quelque raison qu'on ait donnée pour justifier Boileau, il est hors de doute, que pour ne pas déplaire à Louis XIV qui n'aimait pas Lafontaine, il n'a pas voulu parler d'un genre où le courtisan eut été en défaut en louant un génie qu'il admirait, dont il était l'ami, mais dont l'indépendance était la censure de l'absolutisme. Lafontaine n'en a pas moins été le premier après la reine de Navarre, à montrer pas ses imitations de Boccacce et de l'Arioste combien valait l'Italie dans ce genre de composition et tout ce qu'il a de beau dans les sujets qu'il en a empruntés il le doit à l'Italie et à ses innombrables *novellieri;* tout ce qu'il a pris chez eux porte l'empreinte de son génie et les honore eux-mêmes.

En 1001 il y eut en Italie divers traducteurs d'Ésope qu'on cite comme texte de langue; deux seraient peu dignes d'attention, tant les interpolations que l'ignorance ou la malice y ont faites sont bizarres, si elles n'avaient pour elles le mérite de la narration et de la diction.

Dès le XII siècle paraissait *il Novellino*, recueil de cent nouvelles, le plus ancien de la langue italienne et dont quelques unes semblent par leur style de la fin de ce siècle.

Les premiers auteurs qui écrivirent des fables en vers n'ont pas de recueil proprement dit; ils se contentèrent d'insérer leurs apologue dans leurs ouvrages sous forme d'épisode. La première ballade de Dante signale le premier apologue eu vers en Italie, suivi de deux autres dans ces mêmes ballades. La hardiesse, la concision de son style annonce dès lors le poéte qui plus tard défiera Lucain et Ovide dans la double métamorphose de l'homme en serpent et du serpent en homme au XXVIII chant du purgatoire.

Pulci dans le Morgante Maggiore en a semé quelques uns ingénieux et agréables. L'Arioste en a quatre dans ses satires: La Zucca, il Veneziano Cavallo, la Luna, l'Asino. En 1485 parut Zuco. — Léon Battista Alberti en 1404 — Firenzuola, Capaccio en 1569 — Bernardino Baldi de 1533 a 1617—Cesare Pavesi 1569 — Salvator Rosa, peintre et poéte tout à la fois — Verdizotti en 1570. Je ne m'arrête qu'aux principaux.

Phèdre ressuscite en Europe en 1590; il avait été précedé dans le IV siècle par Avienus, par Gabrias; par Faerne de Crémone en 1561, par Abstemius concitoyen de Crescimbeni, bibliothécaire de Frédéric. A cette même époque figure aussi dans la fable comme précurseur *degli Animali parlanti de Casti*, un Alexandre Manerba de Brescia qui remplit la *sua selva morale di tai bestie erudite, che potrian stare in catedra nei Licei, e parlar d'altro tempo che nella notte della Befana (Lettre de Strinati à Crescimbeni)*.

Parmi tout ces fabulistes du dixième au seizième siècle, qui ont écrit en latin, on peut distinguer avec honneur Philelphe, quoique son recueil soit assez médiocre. Remicius Romanus, Valla Laurentius et quelques autres. En général ce sont tous gens chargés de la lourde érudition de l'époque et qui n'ont jeté comme fabulistes qu'un éclat éphémère.

Dans le nombre des fabulistes italiens du XV au XVII il en est deux moins connus par leur fables quoiqu'ils le soient beaucoup par leurs autres ouvrages, ce sont: Léon Battista Alberti et Bernardino Baldi.

Alberti naquit à Venise en 1404 d'une famille florentine, il mourut à Rome en 1472. Versé dans les arts et les lettres, il fut peintre, sculpteur, architecte, poète, prosateur; son siècle le surnomma le Vitruve, l'Archimède moderne. Il écrivit ses fables en latin. Tous les sujets sont de son invention, il prit Ésope pour modèle, il ne mit point de moralité à ses fables; de manière que ce sont autant de faits apocalyptiques. Il semble s'être dit *qui potest capere capiat*. Sans doute elles renferment un grand sens philosophique, et il faudrait pour les apprécier, pouvoir pénétrer dans ses vues, et l'apologue est si élastique qu'on pourra les interpréter toujours comme on voudra. Un certain Pompa professeur de langues étrangères à Paris en 1693 en a publié chez le fameux Sercy une tradution française en prose, avec le texte italien, par Cosimo Bartoli, en regard; il déclare qu'il y a joint d'après lui-même des moralités. Est-il bien entré dans l'esprit de l'auteur? c'est ce que nous abandonnons au jugement de ceux qui philosophent. On sait que les moralités d'Ésope ont été ajoutées à ses fables par ses commentateurs et ses interprètes. Quelques-unes sont assez justes, mais d'autres sont très-forcées. Quant à Alberti, il a porté la précision, la profondeur des sciences mathématiques dans la contexture de ses apologues. Dans l'ouvrage intitulé Momus, ouvrage tout allégorique dont le but est de former un jeune prince, il a déployé tout le piquant, toutes les grâces, tous les ornemens dont l'apologue est susceptible, et il constrate singulièrement avec la nudité de ses fables.

Monsignor Baldi Bernardino, d'Urbin, Abbé de Guastalla, fut encore un des grands érudits de l'Italie; il vécut de 1583 à 1617. Théologien, philosophe, mathématicien, orateur, poéte, il écrivit en Grec, en Latin, en Toscan, en Provençal, en Sicilien, et parfaitement en toutes ces langues; on le surnomma le Varon de son temps. Dans ses œuvres respire un style simple, clair, doux et noble. Il prit pour modèle de ses fables, ce certain grec qui:

> Surtout renchérit et se pique
> D'une élégance laconique.
> Il renferme toujours son conte en quatre vers,
> Bien ou mal je le laisse à juger aux experts.

Il fallait bien que ses fables plussent aux savants de son siècle puis que sur les instances de Malatesta Strinati, Crescimbeni les traduisit en vers, et lui Strinati en fit les moralités et l'ouvrage fut dédié à Clément XI. On rencontre dans ce recueil cette fable assez curieuse pour les circonstances, et qui prouve que le grand érudit n'était pas très-porté pour l'*Italia una*.

Cette grande question agitée et poursuivie dépuis le 12me siècle ne pouvait trouver sa solution que dans le laps du temps, le progrès, et l'entente des nations.

LA SICILIA E NETTUNO (Fable LXXI).

La Sicilia facea istanza a Nettuno di ricongiungersi con l'Italia a cui disse il Dio: tu sei pazza, non sapendo, quanto sia meglio l'esser picciol capo, che gran piede.

La Sicilia Nettun pregò, dicendo:
All'Italia Signor, mi ricongiungi
Ed ei rispose a lei:
O quanto folle sei,
Se sdegni starne lungi!
Che il pregio d'esser picciol capo eccede
L'onor d'esser gran piede.

La Sicile priait le second des grands Dieux
D'unir son continent à celui d'Italie;
Et Neptune lui dit: o bizarre folie!
Sois petit chef et non grand pied, tu seras mieux.

Autre fable du même auteur:

Pourquoi chercher l'ordure et fuir parfums et fleur,
Dit l'abeille à la mouche en sa simple éloquence:
C'est que nous prenons, nous, pour de la puanteur,
Dit la mouche, ce qui pour vous est une essence.

Casti le chef des fabulistes modernes a élevé la fable au rang de poème.

Gozzi (Gaspar) vénitien d'origine vécut de 1715 à 1716.

Roberti (Giambattista) né à Bassano vécut de 1719 à 1786; il a pour lui le mérite de l'invention. Il est sérieux et grave dans ses fables, comme Gay, sans avoir toutefois sa philosophie; écrivain pur, son style est trop *stentato*, comme disent les italiens, trop étudié, trop forcé.

Passeroni est un rimeur infatigable et prolixe. Soixante et quinze fables résument ses six volumes d'apologues, où il ne fait que traduire Ésope, Phèdre et les auteurs du moyen âge. Écrivain ingénu, élégant, pur dans ses moralités, c'est ce qui le fait aimer et le rend respectable.

Bertolà naquit à Rimini en 1753 et mourut en 1798. Comme fabuliste il a pour lui le mérite de l'invention, le naturel, la grace; il est simple, poétique, fleuri, quelquefois, à dire vrai, un peu trop couleur de rose; on y rencontre de temps en temps quelques finesses obscures. On voudrait un style plus spontané. Il y a dans ses compositions de l'originalité, de l'imagination, de la philosophie plus que dans Roberti. Les quelques légères fautes qu'on rencontre chez lui sont rachetées par des beautés de premier ordre. Ses fables politiques ont quelquefois un à-propos de circonstances relatives à son époque, et qui attestent l'indépendance de l'auteur. Il ne tombe jamais dans le bas, tout est chez lui délicatesse et sentiment. Ce n'est point à tort qu'on l'a qualifié de Cygne de Rimini.

De Rossi, romain d'origine, a composé cent fables que je placerais volontiers après celles de Bertolà.

Perego (Gaetano) né à Milan mourut le 29 juillet 1814 à l'âge de 67 ans. Ses fables essai d'un cours de morale sur les devoirs sociaux, écrites pour l'éducation de la jeunesse, en style élégant facile, varié, furent couronnées par la société patriotique de Milan.

Pignotti est le fabuliste favori de l'Italie, il naquit à Figline le 9 août 1739 et mourut en 1812 agé de 73 ans. Il avait étudié à Arezzo la médecine et la physique qu'il enseigna à Pise. Ses fables commencèrent sa réputation. Il n'a pas cherché à inventer; il l'eût pu, sans doute, mais il avoue lui-même qu'il n'a cherché qu'à embellir à sa manière, ce qu'on avait déjà traité. Ses sujets sont tous pris d'Ésope, de Phèdre, des auteurs allemands ou anglais. Imitateur il sème des traits d'esprit, des reflexions piquantes; traducteur, il se tient à la hauteur de son modèle; philosophe, il est profond; poète, il est orné, fleuri, pompeux, quelque fois, peut-être, un peu trop. Sardonique rieur, tout médecin qu'il était il n'a pas plus ménagé les médecins que les moines. Je suis pourtant faché pour sa gloire que les sciences ne soient pour lui que crème battue. Il y a je crois en ceci une arrière-pensée qu'il faut lui pardonner en faveur de ses élégantes narrations, et rabattre dans l'application quelque chose de sa boutade. Quelque litterateur français aura-t-il, un jour, le courage de se mesurer à Pi-

gnotti, et de le reprodouire en vers, car la traduction française.
en prose, de le Pan est chétive, misérable, et de plus très-incom-
plète. L'Italie est bien plus avancée dans la reproduction en vers
des poètes modernes qu'on ne l'est à son égard.

Clasio n'a eu en vue, comme Perego, que l'éducation de la
jeunesse. Ses fables d'un ton plus élevé que les siennes et presque
toutes de son invention plairont toujours par l'instruction solide
qu'elle répandent, que relève encore l'élégance de sa poésie,
l'harmonie de ses vers, et une aimable philosophie exempte de
tout esprit de satire. On désirerait moins de monotonie dans son
style, et plus de variété dans l'éxposé de son recit.

Clasio sera longtemps longtemps le fabuliste aimé de la jeunesse
des écoles et aussi des hommes sérieux. Son style moins savant
que celui de Pignotti, se soutient dans sa pureté d'un bout à
l'autre de ses fables, il est remarquable par des constructions
surannées, des archaïsmes heureux, et énergiques, reproduits
sans doute à dessein pour lutter contre l'envahissement des fran-
cesismi si en vogue dans l'Italie d'aujourd'hui; ajoutez à cela
l'harmonie de ses vers; le mérite de l'invention toute naturelle
qui n'a rien de bizarre dans les acteurs, ou les personnifications
des choses, un goût exquis domine chez lui, c'est le vrai classique
de l'époque. Que sa fable soit littéraire, politique ce lui qui arrive rarement ou philosophique, la moralité, chose assez difficile
à bien déduire, y est toujours très-justement adaptée. On recon-
nait en Clasio, un cœur bon, un âme égale, qui cherche à infuser
dans l'esprit des autres les convictions dont il est plein et c'est
toujours par la douceur qu'il insinue le précepte, le blâme, la
correction. Les fables de Bertolà sont antérieures à celles de Clasio.
Si la préséance appartient à ce dernier et s'il occupe le premier
rang après Pignotti, Bertolà figure encore avantageusement au
troisième. L'un et l'autre n'en ont pas moins un mérite original
qui en fait deux auteurs à part et bien distincts.

Dans les nombreux fabulistes qui ont suivi Clasio, bien qu'aucun ne puisse prétendre à rivaliser avec ces trois derniers on
trouve des fables excellentes qui figureraient avec honneur à côté
des plus célèbres dans une anthologie des fabulistes modernes;
un tel recueil manque à la littérature classique: il faut toutefois
parmi ceux-ci distinguer Salvagnoli, Guadagnoli et Dami de Mon-

tevarchi. La Sicile a produit les fables de Meli, de Tempiu, de Venerando Gangi, de Scionti et de Marafinu de Catane.

Toutes les nations de l'Europe moderne s'élancérent dans la fable sur les traces de Lafontaine du moment que celui-ci en eut agrandi la forme et créé le style. Les auteurs y abondèrent, et y abondent encore, quelques-uns ont cherché à s'ouvrir une route nouvelle, tels Krilow dont Charles Parfait nous a donné une excellente traduction complète en vers. Les fables de Viennet, mort doyen de l'académie française sont le dernier monument de l'apologue en Europe.

FABLES
DE DIVERS AUTEURS.

Fable I.

LE FAUX HÉROISME

Un pauvre vétéran, noble fils des Espagnes
Rentrait dans ses foyers après trente campagnes,
Des siéges, des assauts qu'il soutint tant de fois.
N'en rapportant qu'un pied d'une béqulle en bois,
  Et l'empreînte de ses blessures.
Le hasard, et c'est lui qui fait les aventures,
  Lui fit trouver un berger sur ses pas ;
Il l'aborde et lui dit : éclaircis-moi le cas
  Qu'ici je vois et ne m'explique pas ;
Pourquoi ces arbrisseaux sont-ils sans chevelure,
  Quand ce chêne-géant conserve sa parure ?
  Instruit du fait, le berger répondit :
  Le somnolent ruisseau de notre voisinage
  Spontanément exondé de son lit
  A sans pitié désolé leur feuillage

Mais il a respecté ce vieillard du bocage
Que l'on a dès ce jour surnommé le héros.
— Moi, je croirais toujours digne de plus d'estime
Tous ces infortunés arbrisseaux
Plus que ce chêne magnanime ;
Le destin ne lui fut pas un grand bienfaiteur,
Si le torrent dévastateur
N'atteignit pas sa haute cime,
Quand son robuste tronc aux ondes résistait,
Et que son front dans les cieux s'abritait.
Je suis Juan Fernandez ; jamais la renommée
N'a dit un mot de moi, qui ne fus qu'un pygmée ;
Mais apprends qu'au premier ordre du jour nouveau,
De mon chef, (et c'était un démon indomptable)
Quand il avait laissé sortir de son cerveau
Son *ultimatum* immuable,
« Marchons assiéger ce château »
Aussi vrai qu'il est vrai que tu pais ton troupeau
Pauvre Juan Fernandez montait à l'escalade
Le beau premier, bravait sur le créneau
Bombes, boulets, mitraille, arquebusade ;
Et qu'a-t-il gagné là pour prix de ses exploits?
Une succursale de bois,
Mort-substitut à sa jambe rognée.
Et son chef? une écharpe épinard-égrenée.
Mais afin que ce chêne enflé de vanité,
Ne se prévale plus de sa gloire mal-née
En dédain de l'arbuste et de sa nudité
On je vais, de par Dieu, découronner sa tête,
On grave sur son tronc, toi, sincère interprète :

« Naître haut, lui valut et bonheur et grandeur,
On en fit un héros, ayant eu du bonheur ;
On voit plus d'un héros à ce chêne semblable,
Juan Fernandez le dit, ce n'est pas une fable.

CAMPOAMOR.

FABLE 11.

L'ABSOLUTISME JUSTE.

« O grand benet, cervelle sans idée !
« Pourquoi subir lâchement la corvée
« Et voiturer le singe sur ton dos ? »
Messer lièvre à l'ours, tint un jour ces propos.
— Pourquoi, belle demande, et puis-je m'en défendre
Quand mon maître obstiné me contraint à le prendre ?
— Travaille sa charpente et démolis ses os
De ton puissant bâton de hêtre.
(L'ours allait obéir, mais l'impassible maître
Se montre, et l'ours tremblant, en soi s'est rengainé,
D'un air morne et refrogné).
— Assomme, assome et puis courage.
Si comme toi j'etais un ours de haut parage,
Jamais un nain de sapajou
D'un roi, d'un empereur fut-il le primier fou,
N'enfourcherait mon épine dorsale ?
Moi, le chameau d'un singe, idée assez brutale !
Echec et mat encor au patron qui, bourreau.
Te force à supporter un injuste fardeau.

Je sais bien des sujets, ours par trop imbéciles
Qui se lassant enfin d'être aveugles serviles
Daguèrent leurs tyrans; dague, on te l'a dicté.
Que Gille, à tes côtés, à pied suive ta route
    En fraternelle égalité,
Si non brise tes fers; vive la liberté !
Le maître d'un air calme, imperturbable, écoute
    Ce séditieux discours,
        Véritable philippique,
Et de deux coups de fouets ayant régenté l'ours
    Lui dit : Atome hyperbolique
    Lièvre hébété, l'ours et le singe et moi
    Nous formons entre nous un état politique ;
L'ours et le singe en sont les vassaux, moi, le roi !
        Entends-tu bien rétive hase ?
    En vertu donc de mon royal ukase,
    Le matériel ours de ses pieds marchera,
    Et sur son dos le singe s'assiera ;
    Considérant après que son rare mérite
Aux trois corps de l'état journellement profite,
Il est juste qu'au singe utile et récréant
    L'ours serve de monture ;
Puis, si comme l'ours, tu fais le récalcitrant,
Dernier mot, fouet et pain ce sera ta pâture :
Honni soit le frelon, honneur à la monture,
    Ainsi le veut la loi ;
Adieu, seigneur lièvre, un peu moins d'insolence,
Et vous ours ostrogoth, qu'après moi l'on s'avance,
    Suivez et vive le roi !
    Je ne sais si l'animal patriote

Harangua si stupidement,
Mais qu'un public respectable le note
Le maitre parla-t-il déraisonnablement.

CAMPOAMOR.

FABLE III.

LES LIMITES DU BIEN ET DU MAL.

Quels sont ces tristes chants qui montent dans les cieux?
C'est un roi qui s'en va rejoindre ses aïeux;
Ces vivats que l'Écho dans l'air porte et propage ?
— Un roi qui dans l'histoire y va marquer sa page.
Mais ces chants aux douleurs à la fête affectés
Sont ils chants d'allegresse ou pleurs d'adversités.
Déterminer le point entre joie et tristesse,
Quel philosophe a pu l'oser avec justesse.

CAMPOAMOR.

FABLE IV.

LE BAROMÈTRE.

O ciel quel changement,
Le baromètre côte,
S'est écrié Roquez le vigilant pilote ;
Il a baissé, baissé subitement,
Cataclysme ou lourde tempête

Dans l'avenir prochain menace notre tête.
Vite, vite, patron, vite aux préparatifs,
Ferlez la voile, enchainez les esquifs.
Aux flancs du grand mât du navire
Que le flambeau nocturne y soit un point de mire.
Cependant le vaisseau qu'emporte la vapeur,
Fendant l'azur de la plaine immoble,
Vogue vers l'horzon serein; il file, il file
Quarante nœuds à l'heure, ô suprème bonheur!
Le patron étonné qui veut que tout s'explique
Va consulter à son tour l'instrument.
— Allez, s'écria-t-il d'une voix ironique,
Chanter un *te-deum* comme remercîement!
Le messager tragique
Ne nous dit rien cette fois d'allarmant,
Voyez, du réservoir on a brisé la boule,
Et son liquide argent, goutte à goutte s'écoule.
On rencontre souvent d'emphatiques docteurs,
Pronostiqueurs de choses erronées,
Et le défant d'etudes raisonnées
Accredite des faits qui ne sont qu'imposteurs.

HARZTENBUSCH.

FABLE V.

LE PERROQUET, LE CHAT
ET LA VIEILLE.

Veuve vieille, et riche marquise
  Dona Gazul au conjugal manoir
S'était fait pour sérail l'enceinte d'un boudoir;
Là trouvaient tous les jours liqueur et table exquise
Deux hôtes qu'elle aimait un jacqueau, grand flatteur,
Un chat d'un caractère il est vrai peu facile,
Mais à tout prendre adroit et bon chasseur.
    Fier d'un verbiage futile,
  Soutenu, renforcé du lazzi clandestin,
Jacqueau se ménageait le rang de Benjamin
    Près de sa vieille chatelâine.
Le chat ne soufflait mot, ne respirait qu'à peine,
  Mais deux à deux et quelque fois
      Trois à trois
  Interceptant les souris au passage
Aux pieds de sa maîtresse il en laissait l'hommage.
  Quand jadis au château la souris trafiquait,
    La marquise exaltait
    Dans sa noble rhétorique
  Les hauts exploits de Raminagrobis.
Eau bénite de cour : Jacqueau restait l'unique,
    Le seul bien-aimé fils.
Rentrait-elle du parc vite, vite à sa cage,

Le fêtait, le baisait, et dans son radotage,
L'appelait son bijou, son trésor, son amant.
        Lui, la voyant sur le retour de l'âge
        Cajoleur éhonté lui disait hardiment:
        N'est il pas vrai, ma charmante maîtresse,
                Ma divine princesse,
Que vous ne touchez pas encore à vos trente ans?
        Recevait-elle la visite
        De telle et telle antique parasite:
                C'etaient d'intempérés élans
                D'une allegresse hypocrite,
        Des cris de joie et d'admiration.
        — Non jamais sous le ciel plus de perfection
        Ne se manifesta chez plus illustre dame. »
C'est ainsi qu'il parvint à régner sur son âme.
                Dès lors pour notre perroquet
                Séducteur au subtil caquet,
                Toujours gentille préférence,
Toujours les bons morceaux servis en abondance.
Et Raminagrobis quoique habile Nembrod
Enrageait dans un coin à croquer le marmot.
        Voyant que de son zèle et de ses bons offices
        On ne faisait que point ou peu de cas,
Qu'on les payait, de froideur, d'injustices,
Las de souffrir, il fuit; un bataillon de rats
        Revint bientot en son absence
Des gardiens du manoir trompant la vigilance
S'installer de la cave au nord du galetas.
        Cent fois la duegne impuissante
        Malgré tiroirs, coffrets, servante

Ne put sauver son chocolat
De l'incisive dévorante
Du trotte-menu scélérat.
Jacqueau lui même offrit son art auxiliaire
Pour déloger le peuple envahisseur.
Mais prendre des souris? avec lui rien à faire.
Dix ans ne l'eussent pas fait d'un seul poil vainqueur,
Caquéter c'etait là sa valeur ordinaire.
Si l'on sait honorer l'homme laborieux,
Et du flatteur, perfide engeance,
Annihiler l'influence,
La société, l'Etat n'en marcheront que mieux.

Fable VI.

L'HIRONDELLE ET LE CHARDONNERET.

Gentille hirondelle,
Sœur de philomèle,
Un jour construisit
Son rustique nid
Sous un toit, saillie
D'une métairie,
Nord inhabité,
Douce sûreté
Contre les surprises
Et les convoitises
Du vil maraudeur,
Atroce corsaire,

Clairvoyant voleur,
À cruelle serre,
Dans la noire nuit
Egorgeant sans bruit
Toute volatile.
Près de son asile,
Un chardonneret
Oiseau dameret,
Vif, alerte, agile,
Fonda son palais
Dans un chêne épais
Centenaire d'âge,
Et sous son feuillage
En paix y couvait.
Quand il s'envolait
Chercher son fourrage,
Il se panadait
Devant l'hirondelle
Passait, passadait,
Toujours de plus belle,
Et lui répétait :
O voisine habile !
Quel beau domicile.
Qu'il est élégant,
Commode et galant.
La naissante aurore
De ses doux rayons,
Quand dans les vallons
Tout repose encore,
Vient vous visiter

Et vous y distraire.
Combien doit vous plaire
Vous complimenter,
Et puis sur son dire,
Emettait un rire
Caustique et moqueur.
Raillerie amère
Finit par se taire,
Car l'agriculteur
Pressé d'émondage,
Pour bois de chauffage,
Du chêne aux cent bras
Fit jeter à bas,
De sa hache hostile
Les plus vigoureux,
Désolant l'asile
Du fat vaniteux
Qui plaintif s'exile,
Et s'enfuit honteux,
Quand sous la solive,
Proche de l'ogive
De la grange aux bœufs,
Progné l'impassible,
En son nid paisible
Y couva ses œufs.

Tel a su conquérir l'emploi le plus sublime
Préférant au plus sûr le faste et les éclats,
Qui tôt ou tard s'écroule dans l'abyme
A son insu s'entrouvrant sous ses pas.

De l'Espagnol de BERA.

LE MARÉCHAL FERRANT ET LE POULAIN.

« Ou j'y perdrai mon nom, corbleu, je te le jure
Ou je te planterai mes clous dans ta chaussure »
Ainsi se déchainait un maréchal ferrant
Contre un vif andalous poulain récalcitrant.
Tandisque à le ferrer à pas lents il s'avance,
Sans se douter en rien que son barbe en silence
Se rirait de ses fers, entre quatre jalons
D'un travail, chevalet pour les fiers étalons,
A l'aide de liens ses pieds s'assujétissent,
Quatre cables épais aux angles se raidissent;
Les morailles serrant, comprimant les naseaux,
Il saisit clous, boutoirs, tricoises et marteaux,
Associant lazzis à raillerie amère.
« Il faut bien maintenant que tu te laisses faire.
« Tire-t-en, si tu peux, seigneur Bucéphalus,
« Je riverai tes clous j'en jure par Bacchus. »
Le maître allait, venait, et poulain de se taire.
On attendait enfin la clef de cette affaire
Quand l'animal fougueux soudain se révoltant,
Fatigué de souffrir quolibet insultant,
Fait voler en éclats fers, jalons et cordage,
Lançant d'un coup de pied son maître sur la plage.
Le peuple muselé c'est l'Hercule Samson,
De ses tyrans il souffre outrage et barbarie,

Mais puis réduit à bout par l'irritant lardon
Il reprend tôt ou tard sa liberté ravie.
Quand la force revient seconder sa raison.

Bena.

Fable VIII.

LES ANIMAUX EN GUERRE.

Quatre puissants seigneurs parmi les animaux,
N'allez pas m'accuser de jouer sur les mots,
J'entends ceux qu'on a mis au rang des quadrupèdes,
Le Lion du désert, l'Ours blanc des Samoïèdes,
La glapissante Hyène, et le Tigre royal.
Tous les quatre habitaient un même bois natal.
La nature en avait fait un quadrilatère.
Chacun d'eux s'en disait le vrai propriétaire,
Il en valait la peine et certe avec raison
Onde pure, vergers, fourrage et venaison.
Cette forêt jadis avait été banale.
Peut-être que plus tard elle fut communale :
Elle est à moi, disait l'impérieux lion,
Ne suis-je pas l'aîné de la création ?
La furibonde hyène opposait sa puissance.
Le tigre ses aïeux l'ours son indépendance,
La suzeraineté de son fief dominant.
Aux extrêmes donjons de son gouvernement,
Chacun met garnison et planton en védète.
Guerre à mort, guerre ouverte, aux combats on s'apprête ;

Appel à tous les grands comme aux petits vassaux.
Forts de fusils aiguille, et nombreux chassepots,
Munis d'obus, d'armstrongs et de longues congrèves,
Tous vont plaider les droits enfantés par leurs rêves;
On détruit les railways, on fait sauter les ponts,
Chacun d'un sang impur abreuve les sillons,
Bercé par un espoir réel ou chimèrique.
On se heurte, on se bat et d'un cœur héroïque,
Car c'est là le grand mot, le mot sacramentel,
Le magnanime mot de l'helvétique Tell;
Mais non lors qu'en voyant commencer la bataille
On a su se soustraire à l'ardente mìtraille.
Tous ont versé leur sang et montré leurs grands cœurs;
Les vaincus sont restés honorés des vainqueurs:
Mais la fortune change, habituelle histoire,
Tel hier recueillait les fruits de sa victoire
Qui terrassé demain, si non après demain,
Devra moins son salut aux faveurs du destin
Qu'a son rapide pied qui l'emportait se battre.
Mais pendant que le blanc, le noir et le mulâtre
S'exterminaient, l'enjeu, la pomme du conflit,
Le pâturage meurt, la forêt dépérit.
Se consumant enfin en efforts inutiles,
Ils veulent mettre un terme à leurs guerres civiles.
Et sans annexer rien à leurs anciens états
Le sol est resté nu, sans produits et sans bras.
Que de fois on a vu haines envenimées
Sur de légers motifs engager des armées,
Et le fort et le faible ou vainqueurs ou vaincus
Restèrent glorieux de leurs droits débattus.

BENA.

FABLE IX.

LA VIGNE ET L'HORTICULLEUR

Chercher la poésie ailleurs que dans le bien
C'est tenter un travail qui n'aboutit à rien :
Elle tient du bien seul son principe et sa vie,
Son guide, cet élan emportant son génie
Jusqu'au trône de Dieu ; Trueba tu le sais ;
Le savoir mieux que toi nul ne le put jamais :
Sans beau moral il n'est aucune poésie.
Oui, mon cher Trueba, c'est une vérité.
Que d'attraits enchanteurs, quel éclat de beauté,
Aurait en soi la fable en la concevant même
Simple le plus possible et lui donnant pour thême,
Pour but, le bon, le beau dans sa forme et son fond.
Pourquoi, moi, qui ne vais ni par saut, ni par bond
Mais qui poursuis le bien comme objet de ma fable
Ne puis-je deviner le secret admirable
De lui donner la forme ainsi que tu le peux ?
Que de fois dans le cours de travaux sérieux
Tes vers consolateurs adoucirent mes veilles,
Eux qui charment les cœurs, l'esprit, et les oreilles.
Je t'en compense mal quand je viens t'imposer
De digérer les miens que j'ose t'adresser,
En échange des tiens beau tribut de ta muse !
Mais consulte mon âme, et si je ne m'abuse,
En elle, beaucoup mieux qu'en mon simple récit,

2

Le poète à tes yeux s'offrira par écrit.
Trueba de ton cœur ce principe a sa vie,
Même en un souvenir germe la poésie.

En un riant jardin,
Une féconde treille
Nourrissait de son sein
Belle grappe vermeille.
Par un simoun brûlant,
Fléau de la nature,
Le cep luxuriant
Vit flétrir sa verdure.
Cep aux pâles couleurs,
Front et tête baissée,
Il appelle les pleurs
Sur sa beauté passée.
L'horticulteur envain
S'agite et s'ingénie
Disputant au destin
Ses soupirs d'agonie.
Envain, d'un frais ruisseau
Detourné de sa course,
Il lui fait humer l'eau
De la limpide source.
La fureur du lion,
Le poudreux atmosphère,
De l'irrigation
Rend l'effet peu prospère.
Maître, dors en repos,
Dit la vigne eplorée,

La cause de mes maux
De toi reste ignorée.

Un secours de la haut
Peut me rendre à la vie;
Ce qui me fait défaut
C'est la céleste pluie.

Elle dit : ô bonheur,
Inattendue aubaine,
Un instant de faveur
A fait changer la scène.

Dans les cieux, la vapeur
Unie et concentrée,
Descend, vive liqueur,
Sur la vigne altérée.

Son tronc avait langui
Privé de nourriture,
Un liquide béni
A refait sa nature.

Dans ses divers canaux
La sève y vient renaître,
Et du tronc aux rameaux
Y circule, y pénétre.

Les rameaux ont repris
Leurs forces musculaires
Feuilles, rameaux unis
S'enlacent comme frères.

Le cep de ses produits
Voit renaître le gage,
La pourpre en teint les fruits
Et le verd son feuillage.

Le maître s'écria
Plein de reconnaissance :
Qui du monde attendra
Benévole assistance,
    Nos cœurs doivent au ciel
Adresser leur instance,
Qu'est le bien du mortel
Sans céleste influence.

Agostino Principe.

Fable X.

LE RICHE ÉRUDIT.

La scène est à Madrid; là vivait une Altesse
Riche à l'excès mais dont l'excès de la richesse
Se trouvait compensé seigneurialement
    Par un grand luxe d'ignorance.
— Dans un palais où tout tend à magnificence,
Dans un palais dont l'or en fait l'ameublement
Il y manque un objet bel et bon entre mille,
Ornement précieux, indispensable, utile,
Lui dit un courtisan.... — Et cet objet.... serait....
— Une bibliothèque! — Eh, parbleu, qui pourrait
Avoir la tête à tout; non, si belle pensée
Dans mon esprit jamais ne s'y trouva casée,
D'un trop funeste oubli je veux purger le tort,
Je destine à ce but mon grand salon du Nord.
Qu'on mande l'Ebéniste; il fera des tablettes

Hauteur, ampleur.... et vîte, et vite prêtes,
Acajou, palissandre, il n'importe le bois,

   Coute que coute,

Des quatre fronts du mur qu'il en voile la croute.
Des livres! j'en ferai puis l'achat et le choix.
Tablettes et rayons s'élèvent à leur place.
 — Voyons réfléchissons, dit notre Altesse en soi :
Il me faudra trouver pour combler tant d'espace

  Dix fois au moins mille volumes! Moi,

   Moi, les trouver, oh, j'y perdrai ma tête,

    Mes plaisirs et mon temps !

La dépense, parbleu, n'est pas ce qui m'arrête ;
Mais pour les réunir il me faudra cent ans ;
Et ne serait-ce pas une chose mieux faite

  De simuler des livres de carton.

J'en jouirais plus tôt, sans doute, pourquoi, non ?
Un peintre m'en peindra le dos et l'étiquette,

  Imitera, le veau, le maroquin,

La basane, et cela se fera dès demain.
Le peintre mandé vient, commence son pastiche.
Livres anciens, nouveaux, gothiques manuscrits,
En verd, en rouge, en or sont bientôt recrépits ;
Son Altesse admirant le volume postiche,
Et les dossiers qu'il va chaque jour ressassant,

  Se crut bientôt un docte hébraïsant.

Et que faut-il de plus que vernis cartonnage,

  A tels et tels lettrés qui, d'un ouvrage

   En lisent seulement

   Le froid signalement.

Fable XI.

LE CHAT MUSICIEN.

Charlatans de tréteaux champés de faux rubis,
Hydrophiles docteurs en chinois travestis,
    Empoisonneurs à savantes rubriques,
Nos cités, dirait-on, sont fièvreuses boutiques
Où force guérisseurs, tous les jours à vil prix,
    Débitent à trop faciles Corneilles
Poudre d'or et sons creux pour l'œil et les oreilles,
Et leur révalenta panacée à tous maux.
L'un bréveté des rois nouveau Désirabode
Vous met une machoire et des dents à la mode ;
L'autre vient vous vanter ses sucs orientaux,
Petit maître chanteur, spirite, instrumentiste,
    Incomparable et transcendant Calliste,
    Magnétiseur, barbier sévilléen,
Il exerce son art en généreux artiste,
Il saigne, taille, endort, ressuscite et pour rien.
    Voyons pourtant si de ma fable
Il peut en résulter quelque leçon de bien :
La prudence de soi ne peut être blamable.
Transfuge de la cave et du triste grenier
    Don Mirimiz subtil et vieux routier
Vint dans les champs y chercher aventure.
Au clair obscur d'un bois où l'onde qui sussurre
    Entretenait une douce fraicheur

Il se blottit sous un saule pleureur,
Simulé mort, guettant la symphonie
D'oiseaux divers résultante harmonie.
Il se taisait, se taisait, et jeunait,
Car dans son guet-à pens nul oiseau ne donnait.
Lassé d'être auditeur il change de tactique,
Et se transforme en maître de musique.
— Bravo ! s'écria-t-il, s'étant ressuscité,
Bravo ! tout fuit, tout court, tout s'est précipité !
Mon vieux fripon à visqueuse parole
Les radoucit, les flatte, les enjole.
Chacun revient confiant, rassuré ;
Le chat honni dabord est bientôt révéré.
— Je ne suis point un chat inabordable,
Détrompez-vous, je suis humain, traitable,
Dans le hameau j'y suis votre voisin,
Jouant de l'orgue et chantant au lutrin,
Maître de chant de votre presbytère,
Carillonneur, puis en dieu votre frère.
Musicien je donne des leçons
Gratis en sol, en ut, en fa, sur tous les tons ;
En moins d'une heure on est assez habile
Pour en apprendre aux docteurs de la ville.
Oh, quel concert admirable, divin,
A plein orchestre ouïr pinson, serin,
Chardonneret, rossignol, alouette,
De la sainte Cécile en célébrer la fête ;
Essayez, essayez et bientôt vous verrez
Ce que je sais et ce que vous saurez :
D'un concert égayons, charmons notre retraite.

A ce discours nos oiseaux ébahis,
  Tels pigeonneaux volent vers Mirimiz,
    Autour de lui se grouppent dans l'extase ;
Il part : un deux ; — à vous — tutti ! — l'œil à la phrase,
L'oreille au son, sa pensée à l'oiseau,
Il vous happe gratis, le plus bel étourneau.

Samaniego.

Fable XII.

LA GUERRE ENTRE LES OISEAUX
ET LES BRUTES.

À son excellence

DON FRANCESCO SERRANO Y DOMINGUEZ

COMTE DE St ANTOINE, GOUVERNEUR GÉNÉRAL DE L'ÎLE DE CUBA
ET SÉNATEUR DU ROYAUME.

Peut-on bien accorder un vrai patriotisme
À tous ces écrivains dévots au journalisme
Qui, voyant se heurter deux grandes nations,
Épuisent leur esprit, leurs indiscretions,
A révéler les plans qu'en secret on discute ;
Vous déclinent le lieu, le jour et la minute
Où l'on ordonnera l'attaque et les assauts ;
Recensent fantassins, mitrailleuses, chevaux ;
Éventent des détails extorqués au mystère,
Détails que l'on devrait voiler à l'ennemi :
Pour moi, je crois, qu'on fait comme dit Sismondi

Plus qu'un rôle odieux d'avide mercénaire.
C'est tuer son pays, vendre sa dignité,
C'est être criminel de lése-majesté.
Entends, par un exemple, allégorie, ou fable,
Ce qu'a de désastreux cette témérité
Déjà par elle-même imprudence blamable,
Lors même que le fait n'en serait pas coupable.
J'aurais d'une faveur urgence en ce moment,
Tu me l'accorderas, oh! très-certainement,
Serrano, permets donc que ma muse innocente
En fable travestie à tes yeux se présente.
Valeureux capitaine, éminent orateur,
Tu sais quand il le faut vaincre par l'éloquence,
Mais quand la raison n'a plus un seul auditeur
Et que le diplomate en est a l'impuissance,
Tu sais choisir l'instant où sans le différer
La langue doit se taire et le glaive opérer.
Je dirai cette fable une Cassandre née
Sous l'astre bienveillant d'une heure fortunée,
Si j'ai prouvé combien importe le secret
Dans les apprets, les plans, les préludes de guerre,
Et si tu vois en qui t'en offre le sujet
Un hommage public, un temoin littéraire
De respect de tendresse et d'un amour de frère.
— Peu content de régner seulement dans les airs
L'aigle veut éclipser les héros de l'histoire,
À des peuples sans nombre il donnera des fers,
Et subjuguer la terre est son rêve de gloire.
Le lion se courrouce en songeant qu'un rival
Prétendait asservir les forêts sous son glaive :

Il arme : ses sujets entendent son signal ;
L'aigle a jeté le gant, le lion le relève.

En un conseil tenu dans l'ombre de la nuit,
L'aigle a fait un appel à tout chef d'ordonnance
Des bataillons ailés. On discute sans bruit
Un plan qui du succès garantit l'assurance.

— « En soi la chose est simple : accordez au lion,
« À ses nobles guerriers une ardeur invincible,
« Pour voguer vers les cieux ils manquent d'aviron :
« Se battre dans les airs leur est donc impossible.

« Notre aile soutiendra nos hardis escadrons
« Savants à manœuvrer librement dans l'espace,
« Planer, fondre à propos sur les flancs, sur les fronts,
« Puis revenir en haut y reprendre leur place.

« Le faîte des forêts par nous seuls fréquenté
« Leur servira d'abri contre tout stratagème,
« De relache à leur vol, vrai pic de sûreté
« D'où chacun au besoin veillera de soi-même.

« Le quadrupède ainsi nourri dans sa terreur,
« Sa crainte, le qui-vive, allarme intermittente,
« Et le jour et la nuit en proie à la frayeur,
« Ne pourra restaurer sa vigueur languissante,

« Ainsi quand leurs ressorts épuisés, impuissants
« Failliront au lion, à sa bande engourdie ;
« Quand un sommeil forcé maîtrisera leurs sens,
« Serres, griffes et becs dévoreront leur vie. »

« On est tombé daccord ; oiseaux déprédateurs
S'apprêtent au combat ; mais dit un commentaire
Comme ils sont plus ou moins compères jaboteurs
Nul ne peut sur ce plan se résoudre à se taire.

L'un va le frédonnant, celui-ci le sifflant,
Cet autre le chantant.... mot lancé, chose faite,
Le plan dans le public grandit en circulant,
Vanté des plus huppés jusques à la fauvette.

Le lion avisé des projets infernaux
Que publient partout cent pierrots imbécilles,
Infidèles sujets, stupides étourneaux,
S'unit étroitement aux serpents, vieux reptiles.

Il a dit : le serpent, souple, silencieux,
Au pied du tronc de l'arbre aux branches élargies
Roulera ses anneaux, les déguisera mieux
Sous les reflets amis des ombres réunies.

Le singe occupera sans autre mandement
Des arbres élevés la plus lointaine cime,
Du geste et de la voix devra malignement
Insulter aux oiseaux en qualité de mime.

Tous mes autres vassaux autour de moi grouppés
Feront gemir les airs de leurs plaintes factices,
Infirmes, languissants, de la peste frappés
Que suscita le ciel pour châtier leurs vices.

Ainsi sur toute yeuse un singe y veillera,
Et trois serpents au moins : cet ordre doit suffire.
A leur base panthère, ours, loup soupirera
Simulé moribond : ah, je me meurs, j'expire ! »

Les moineaux entendant qu'on gémit qu'on se plaint,
Rapport à l'aigle ; il croit tout ce qu'on lui fait croire ;
Et l'aigle : ah, se peut il ? un grand Pongo survint ;
Il grimace en montrant par mépris sa machoire :

Insolent, lui dit-il ! sa griffe fut sa hart.
Tout le ban des oiseaux et s'ébranle et s'agite ;

Quand chacun croit happer un singe pour sa part,
Le bataillon serpent sur eux se précipite.

Les oiseaux débandés, traqués soudainement,
Sont enlacés, foulés, culbutés pêle mêle;
Le lion et les siens résistent vivement
Frappant à mort l'oiseau dont tout le sang ruisselle.

Le lion toutefois en vainqueur généreux
Absout l'aigle; tout fier, l'âme toute joyeuse
D'avoir désarçonné ces volatiles preux,
Les amnistia tous, puis d'une humeur railleuse:

— Aigles, vos bandes sont de misérables nains
Que trahirent souvent des langues indiscrètes;
Si contre moi jamais vous réarmiez leurs mains,
Croyez m'en, forcez-les à demeurer muettes.

Publicistes amis, personne ne vous dit
Jasards ou perroquets, car on n'y pense guère,
Mais à vous, cependant, un peu de mon débit:
Tirez-en la morale et puis sachez vous taire.

Agostino Principe.

Fable XIII.

L'ORTIE ET LA ROSE.

Pourquoi la faux de tout horticulteur
Met-elle aveuglément obstacle à mon bonheur?
Dit un jour la plaintive ortie
À rose coquette et jolie.
Pourquoi toujours me décimer

Par une si rude guerre,
Que je ne trouve où germer
Pas un seul petit coin de terre?
Mon épine, il est vrai, pique l'audacieux
Qui me touche et me presse;
Si c'est un tort avouons toutes deux
Que ce tort ordinaire à bien d'autres s'adresse.
Toi, rose, n'as-tu pas tes épines aussi?
La main qui te caresse,
Sous tes piquants parfois n'a-t-elle pas gémi?
Et cependant on t'aime, on te courtise;
Nul ne te cause de l'ennui.
Le berger du troupeau prévient la convoitise,
Te garantit du dommage d'autrui.
La bergère, à son tour, à ta faveur admise,
Te prodigue des sucs, et de puissants engrais,
Abreuve tes racines altérées,
D'un liquide pur et frais.
Nous nous sommes ici toutes deux rencontrées;
Si nous piquons, toi comme moi, moi comme toi,
Si ma piqûre n'est pas autrement coupable
Que la tienne n'est condamnable,
C'est une loi,
J'ose le dire injuste et sacrilège,
Que la main qui te protége
Se montre barbare envers moi.
La rose lui répond modestement: je pique,
Il est vrai, je le sais, mais écoute, permets,
On a certains attraits,
Une vertu magique,

Que tu n'as pas, qu'en moi tu méconnais;
Piquer est ton étude,
Et ta sollicitude,
C'est tout ce que tu fais;
Moi, si je pique, je sais
Faire aisément oublier ma piqûre
Graces à mon parfum, graces à ma parure,
Cet aveu de la rose est une vérité.
Le vice eut de tout temps un masque détestable;
Un défaut est toujours aisément supporté,
Quand la vertu s'en fait l'amie inséparable.

CLASIO.

FABLE XIV.

LE ROSSIGNOL ET L'HIRONDELLE.

Passager voyageur sous un dais de verdure,
Quand avril renaissant parfumait la nature,
Un rossignol, jeune cœur amoureux,
Y déployait vibrants d'une et d'autre manière
Ses chants accentués, ou vifs, ou langoureux;
Sa voix en caressait l'haleine avant courrière
Des jours suaves du printemps,
Et charmait les travaux de la ferme et des champs.
Dès que phœbus saisissant sa carrière,
Dorait l'azur mouvant des flots,
Ou quand le soir s'effaçait sa lumière,
Les rives et les côteaux

En redisaient la note aux plus lointains échos.
Dans ce bois y logeait gazouillante hirondelle,
  Qu'un légendaire récit
  Nous a poétiquement dit
  Être la sœur de Philomèle.
De son séjour agreste elle entendait
Les accords incessants de sa sœur, s'y plaisait;
Phœbus plus de vingt-fois monté de l'onde amère
De ses feux rajeunis rechauffa l'hemisphère,
Et le chant de sa sœur si souvent répété,
Progné ne l'entend plus. ou c'est un chant sans vie,
  Trainant, brisé, sans harmonie,
  Même à peu d'instants limité.
  Elle vole vers la demeure
  Ou le rossignol muet,
  Indifférent, mais calme et satisfait,
Laissait paisiblement s'éteindre l'heure, et l'heure.
Quoi! Nous n'entendons plus ton éclatante voix?
Qu'est devenu ce timbre étourdissant les bois?
J'ai craint, puisse le ciel te garantir d'injure,
  Qu'une insigne mésaventure
N'eut troublé de tes jours la séreine gaité,
  Et ta savante activité.
  De sa pitie saisissante,
  Philomèle réconnaissante
Modestement lui répond : viens et vois,
  Puis tu sauras me dire
  Si tu m'excuses et me crois.
Ce berceau, c'est le nid que j'ai su me construire.
Ces poussins sont mes nouveaux nés

Les nourrir est mon importante affaire.
Eh, puis-je sans songer qu'ils soient abandonnés.
Par des chansons de leurs soins me distraire.
Jadis j'apreciais l'avantage des chants,
Mais depuis que le ciel m'a donné des enfants,
Leurs soins, et non mes chants, c'est ma seule science.
C'est parla qu'elle sut excuser son silence.
    Vous, que le ciel propice a désiré servir
        Quand il vous a fait père,
    A des devoirs nouveaux sachez vous asservir,
        Sachez les aimer, vous y plaire,
Et bannir loin de vous tout plaisir éphémère.

FABLE XV.

LE POTIRON ET LE POMMIER.

    Dans le voisinage
    D'un poirier dont l'âge
    Marquait tout au plus
    Dix mois révolus
    Croissait sous l'herbage,
    Humble de renom,
    Obscur potiron,
    Plébéien vulgaire,
    Qui, tout en rampant,
    Allait usurpant
    Une assez grande aire.
    Levant sa paupière

Vers son compagnon,
Noble rejeton,
Qui retardataire
Lentement croissait,
Mais droit se haussait.
Tel du presbytère
L'effilé clocher.
Potiron aimable,
D'une voix affable,
Ose l'approcher :
Que n'est-tu ce chêne
Qui produit sa faine
Près de ces bosquets?
Oh, tu porterais
Ma tige traçante!
Elle surgirait,
Et s'élancerait,
Fière et triomphante,
De l'obscurité.
Ou la triste ortie
Voile sa beauté
Le jour à Clitie,
La nuit à Cynthie.
Poirier, cher poirier,
J'ose t'en prier,
Si ma confiance
N'est pas en défaut,
Quand passé l'enfance
Tu monteras haut,
Si de ma faiblesse

3

Tu plains la detresse,
Tu me permettras
L'appui de ton bras.
— Certes, pour te plaire,
Dit poirier ému,
Je tiens à tout faire.
Nul ne m'a connu
Cruel à mon frère
Tant que j'ai vécu.
Pour rendre service,
Nul ne m'a d'office,
Répété deux fois
La même supplique.
— Potiron réplique :
Mais, comme je vois,
Ta croissance est lente ;
À combien de mois
Limiter l'attente,
Dans cet avenir,
Où tu dois grandir,
Pour qu'un triple mêtre
Mesure ton être.
— Si, dès aujourd'hui,
J'ai pour point d'appui
Ma jeune stature,
Oui, je conjecture
Qu'en douze moissons,
Servi des saisons,
J'acquerrai sur place
Dix fois une brasse.

— Bien, dit potiron.
Douze ans environ
J'aurai patience,
Puis me prévaudrai,
Et profiterai
De ta bienveillance,
Quand tes bras nerveux,
Ton front sourcilleux
Auront la croissance
De l'adolescence.
Doux espoir futur
D'un beau ciel d'azur
Me rit, me rassure,
Puis-je compter sur ?
— Oui, je te le jure.
Ainsi que dessus
Accords sont conclus,
Mais bientôt l'automne
Supplantant pomone,
Règne en nos climats ;
L'aquilon ramène
Neiges et frimats,
Du nord se déchaine
Et sous son haleine
Les bois et les champs
Meurent languissants.
Potiron aride
Tristement se ride,
Nous fait ses adieux.
Potiron piteux,

Où donc l'assurance
D'un lointain bonheur
Quand notre espérance
N'est qu'une lueur?

Fable XVI.

LE RAMEAU, L'ARBRE, LA TERRE
ET LE SOLEIL.

Perchée sur un orme voisin d'un presbytère une corneille entendait un capucin qui en prêchant disait: *Dieu fait tout, Dieu dispose tout :* La corneille incrédule fit la moue en signe de désapprobation et dit : oui, Dieu disposera du sien s'il veut, et pour cela je puis conclurre sans ses ordres, que je cours, que je vole, comme il m'en prend envie, et même en dépit de sa loi souveraine, je chante ici, en ce moment, parce que ma volonté me le dit. — Oui, ici parceque je t'y soutiens (lui dit la branche d'une voix perçante) grâce à ce tronc robuste qui m'élève dans l'air. — Moi, s'écria vivement le tronc au rameau, je t'exhausse dans l'air parceque la terre qui m'est propice de son bras créateur m'éleva en triomphe. — Et moi je t'ai fait croitre (dit la terre laissant échapper de ses entrailles une voix sonore) parceque ce soleil qui m'inonde de sa lumière, féconde mes semences de ses rayons. — Moi, répondit le soleil dominé par l'orgueil, avec la voix de qui fait écho au tonnerre, je féconde la terre parceque l'Être puissant qui fait tout depuis mon trone élevé jusqu'aux limites de l'incréé, comme un don qui manifeste sa magnificence, me prête le reflet éclatant de sa splendeur.

Dès ce jour la corneille avec une sincérité qui calme ses craintes en entendant sur les côteaux retentir ces paroles, *je chante ces chants parceque c'est ma volonté*, criait à ses compagnes : babillardes vous chantez parceque dieu le veut, comment osez-vous outrager le ciel par de tels propos.

Dieu fait tout, Dieu dispose tout.

Traduit de Campoamor.

FABLE XVII.

LES DEUX PINS.

Maître Rondon allant acheter du bois trouva dans un chantier deux pins qui quoique à côté l'un de l'autre étaient bien différents entre eux. Le premier se présentait droit, sain, haut, sans un seul nœud ; il pourrait être travaillé facilement, aussi facilement que la cire, enfin c'était un échantillon remarquable, une superbe bique sans défaut. Son compagnon au contraire tortu, noueux, d'où sortait la résine, ne s'attendait à rien moins qu'à tomber aux basses-offices.

O pins qui vous trouvez réunis ici, d'où êtes vous ? Dit maître Rondon — Je suis né répondit le premier dans une pinéde vaste, touffue, où si parmi des milliers d'arbres il en est un qui, indolent ou tortueux dévie de sa direction, ou croisse lentement il finit bientôt ses jours aux pieds des autres ; en conséquence tous étant dans la nécessité de se montrer à l'épreuve tous croissent à l'envi droits, élancés, unis. — Moi, répondit tristement le prédestiné au chauffage, enfantement précoce et rachitique d'un pignon étranger échappé d'un sac de grains ; moi, pauvre infortuné, je nacquis dans un désert ; plante exotique en ce lieu sauvage, mon tronc et mes rameaux ont suivi dans leur croissance mon goût capricieux et j'eus pour résultat de rester tordu, comme la queue d'un sanglier. Pin misérable, malingre, n'étant bon ni pour meuble, ni pour construction à cause de ma taille et de la faiblesse de mes fibres, je ne puis espérer, avec raison, autre chose, que la hâche fasse de moi des copeaux, puis des bûches, qui se reduiront en cendres.

C'est ainsi, dit Rondon après mûre réflexion, qu'une intelligente capacité, s'émousse en peu de temps perdue dans la solitude qui ne mène à rien, tandis que l'émulation, vivement aiguillonnée, permet aux hommes que le monde admire d'être des splendeurs de vertu, des astres de science.

Fable XVIII.

LE LIÈVRE ET LE POMMIER.

Hommes généreux à autrui prenez garde que vos générosités ne dégénèrent pas en douleurs chez ceux qui les acceptent, car le bien que l'on fait d'une manière outrageante et dure est à charge souvent à qui le reçoit; et la main qui donne et qui offense en donnant ne lie pas les cœurs mais en provoque l'ingratitude. Dans l'heure ou la nuit silencieuse et morne avait déployé son voile noir sur la terre, et qu'un faible rayon de la jeune lune n'interrompait que peu la sombre horreur du ciel, un lièvre affamé quittant le bois épais s'aventura dans un champ mieux cultivé. Là, cherchant herbages tendres, ou fruits pour soulager sa faim importune, il arrive sous un grand pommier et s'y arrête comme en un lieu propice à y satisfaire ses désirs; il pensait trouver sur ce sol quelques-uns de ces fruits que le vent abat; il cherche mais en vain; le cultivateur diligent les avait peut-être recueillis la veille ou peut-être se tenant fortement attachés à leurs tiges ils n'en étaient pas tombés. L'âme pleine de tristesse, il lève les yeux vers les rameaux courbés par le poids des fruits et dit en soupirant: dois-je donc mourir d'inanition tant que le vent s'abstiendra d'agiter les rameaux. Le pommier entendit d'en haut sa voix plaintive, sa douleur a ému sa pitié, et lorsque de tant de fruits, il lui importe peu d'en perdre un, un seul, il en laisse tomber un, mais la direction qu'il lui donna fut telle que le fruit en tombant heurta la tête du lièvre affligé. À ce heurt inattendu le lièvre ne sachant ni d'où ni de qui vient le coup, s'enfuit saisi d'epouvante et la peur prévalant en lui éteint le sentiment de la faim qui le consume. Il rentre dans son bois, et pressé par le besoin il dévore l'herbe grossière et sauvage. La nuit suivante il se remet en quête; la crainte de de l'accident de la veille s'efface peu à peu. Il sort de nouveau de son bois agreste, revient sous le pommier du champ exposé au soleil et ne trouvant pas de pommes sur ce terrain émaillé de verdure il lève vers la hauteur ses yeux avides: le pommier lui dit alors: insensé, qu'exiges-tu donc de moi? la nuit précédente j'ai laissé tomber une pomme pour toi et tu t'es enfui à toutes jambes; ingrat que tu es, quand je te donne tout ce que tu veux tu méprises et le don et qui le donne. Le lièvre en entendant ces mots répliqua: je comprends maintenant, monsieur le pommier, le cas étrange de la nuit dernière. Ce fruit heurta mon front, et ne sachant ce que c'etait, j'ai gagné le large; or si vous voulez que je puisse vous témoigner toute la plénitude de ma reconnaissance faites que votre don ne vienne pas me heurter.

Fable XIX.

LES DEUX COLOMBES DE CITHÈRE.

Cithère possédait deux colombes, l'une commande
par ses étonnants attraits, l'autre par son aimable
esprit : bientôt le grand concile des oiseaux se scinde
en deux partis : l'un fait suite à la beauté, l'autre se
range autour de l'esprit. Dès les premiers jours l'une
enchante, le jour suivant elle plait moins ; au feu de
ses yeux, à l'éclat de son cou chacun bientôt s'habitue.
Sa rivale chaque jour savait rendre chacun plus satisfait d'elle-même ; elle brillait à chaque instant de je
ne sais quel agrément nouveau. Le bruit s'en repand,
et dès lors la beauté voit chaque jour déserter quelqu'un de ses adorateurs ; la belle reste enfin sans trône
et sans amour. La beauté a toujours le même sort ;
mais l'esprit a bien autre puissance ; si l'un cesse de
plaire, l'autre plait de jour en jour davantage.

Bertòla.

Fable XX.

LE SERPENT ET LE HÉRRISON.

Le serpent vénimeux reprochait au hérisson de n'avoir
d'autres armes qu'une écorce épineuse ; et tu oses avec
des armes aussi frêles assaillir la foule des insectes

qui rampe à travers les mottes de terre ; et mieux encore tu t'attaques aux grappes de raisin parmi les quelles
chargé de terre tu te caches et tu te traines? — Le
Hérisson répondit : La nature envers moi, fut je pense
bien plus généreuse qu'à ton égard : elle ne m'a donné
que ce qui suffit à ma défense, une vie douce et sûre ;
n'excitant personne à craindre, je ne crains rien de
personne.

Bertòla.

Fable XXI.

LE ZÉPHIR, L'ABEILLE ET LA ROSE.

Un doux zéphir aux ailes d'or papillonnait en un
jardin élégant et fleuri, où une rose purpurine, de son
calice voluptueux, répandait le trésor de ses parfums.
Celui-ci de sa modeste, mais avide haleine ravissait
les essences de cette aimable fleur et rodant autour
de ces lieux, y portait partout son insatiable aspira-
tion. Soudain arrive une abeille, au corsage doré ; elle
vient se poser sur la jeune fleur et se met à sucer la
délicate ambroisie de son brillant calice. Le zéphir
sentit alors l'aiguillon de l'envie stimuler son cœur ; et
peut être s'indignait-il qu'un méprisable insecte prît
sa part d'un tel bien. Il se mit donc à secouer les ailes
sur la hampe fragile, croyant ainsi mettre en fuite
l'abeille ; mais l'abeille se tient toujours immobile, peu
soucieuse, en apparence, de son paisible choc. Poussé
enfin par la colère, il agite, avec impétuosité, la trop

aimable rose, tel Borée soufflant la tempête, quand il a condensé les glaciales vapeurs. Il voit alors l'abeille chassée par son choc violent fuir, il est vrai, mais la fleur étant brisée, il vit détruire aussi la source de son plaisir. O folle envie, tu veux souvent détruire la félicité d'autrui ; mais tu t'obstines souvent à ta perte, et le mal qui te fait nuire aux autres retombe sur toi même.

CLASIO.

Fable XXII.

LES QUATRE S. S. S. S. (¹)

Un débutant en Archéologie arrive, un jour, d'un pas lent et d'un air grave, au cimetière d'une église riche en monumens funèbres en inscriptions diverses. Il s'approche d'une tombe qui portait les outrages du temps. A la vue d'une inscription a quatre S. S. S. S. il s'écrie : j'ai trouvé ce que je cherchais! Eh, que cherchiez-vous, lui dit Fabrice, vieux sacristain de cette église? La tombe du romain Sextus, Sulpicius, Septimus, Sénateur. Oh, que vous êtes profondément savant? Mais celui qui gît ici, je vous l'assure est mon ancien ami, mon collègue, Sébastien, Sanchez, Second,

_____

(¹) Les sabins avaient pour Monogramme sur leurs étendarts. S. P. Q. R. qu'il interprétaient par : Sabinis populis quis resistet. Qui résistera aux peuples Sabins. Les Romains s'étant annexé leur territoire répondirent en adoptant le Monogramme : Senatus populus que romanus. Après avoir dormi longtems dans l'histoire, et s'être oblitéré sur le fronton des monuments publics ce monogramme renait aujourd'hui.

Sacristain. Fie-toi, aux inscriptions hiéroglyphiques,
retiens-en bien la date ancienne ou la moderne, et
tu verras, mon cher José, qu'avec une telle lanterne
tu resteras toujours dans l'obscurité.

Agostino Principe.

Fable XXIII.

LA FUMÉE ET LE NUAGE.

La fumée sortait un jour d'une grande cheminée,
et formant des tourbillons épais s'était avancée bien
haut dans les sentiers de l'air, quand elle rencontre un
nuage, qui, pour son bon plaisir, allait sur les ailes des
vents. Pleine d'orgueil elle se mit à crier: holà, place,
place, au large devant moi! quand un de mes égaux
s'avance, le bas peuple ne doit point embarasser sa
voie. Le nuage entendant ce ton de grandeur et de sou-
veraineté, lui dit: qui donc es-tu, toi? Et la fumée
répond avec fierté: oses-tu bien me le demander? je
suis la fumée, l'enfant du feu; et le feu, tu le sais, est
frère du soleil à l'aide du quel tu t'élèves d'en bas et
tu montes si haut. Comprends donc par cela seul ce
que je suis, ce que je vaux. La nuage répond alors à
l'orgueilleuse: oh, pour être d'une origine si parfaite
vous avez certainement un air bien noir, mais toutefois
excusez si mes propos vous semblent un peu piquants:
on vous dirait non l'enfant du feu, mais l'enfant du
charbon. Ecoutez donc ce peu de paroles, madame l'enfant du feu, madame la petite fille du soleil: à tout

seigneur tout honneur de ma part, quand vous serez
semblable à votre père. Conseil de cette fable : qu'on
ne se prévale point des ses illustres aïeux si toutefois
on ne leur ressemble pas.

Fable XXIV.

LES DEUX PRUNIERS.

Tel dans ses jeunes ans néglige d'orner son esprit
d'un savoir louable, qui dans l'âge mûr se repent d'a-
voir perdu un bien si précieux, il le cherche alors, mais
il se trouve les mains vides, il pouvait, il ne voulut
point, aujourd'hui qu'il voudroit il ne peut plus ; et
vous pour qui la main d'un mentor sue à façonner l'in-
telligence et le cœur et qui indolents et indociles ren-
dez ses sueurs stériles et vaines prêtez enfin une oreille
attentive à ma fable et puis vous choisirez. Deux pruniers sauvages nés en même temps habitaient un même
jardin et s'étaient élevés grands, droits, il est vrai, sur un
tronc sauvage, sans être encore adultes Le cultivateur
dès lors resolut de modifier en partie leur nature et
d'en relever la condition avec un peu d'art. Ayant
donc retranché les scions à cet arbre-ci et à celui-là
qui fleurissait aux dépens de sa bonté, il voulut changer
par une greffe heureuse les fruits âpres en fruits doux;
et quand il se mit à l'œuvre il retrancha à l'un d'eux
ses rameaux hispides. Ensuite ayant taillé horizonta-
lement le tronc et l'ayant fendu il introduisit de jeunes

rejetons façonnés eu biseau, dans le sein de la blessure,
referme la plaie et les environne d'un lien de foin
préservatif contre la gelée et les pluies d'un ciel ennemi. Deja sa main prudente s'était tournée vers le
deuxième prunier pour faire la même opération, mais
que ne peut la sotte envie d'une vaine beauté, dans
une jeune âme! Celui-ci avait vu avec douleur les rameaux de son camarade tomber sur le sol. Or voyant
le cultivateur redouté qui s'approche de lui et lui pré-
pare le même sort, il pleure il gémit et lui parle ainsi :
« Hélas ! cruel, pourquoi veux-tu m'enlever ainsi le
« seul bien qui me rend heureux ? ces rameaux et ces
« feuilles que je porte sont l'ornement aimable de ma
« plante, si une main barbare me les ravit qu'elle me
« ravisse aussi la vie ; je préfère mourir s'il ne m'est
« point permis de conserver l'unique bien qui me rend
« heureux. Mais si tu sens encore quelque pitié pour
« cette cruelle angoisse qui déchire mon cœur, arrête
« ce fer menaçant, et laisse moi vivre dans ton jardin.
« Laisse-moi déployer encore au vent ma chevelure,
« unique bien qui fait mon bonheur. » Le prudent
agriculteur sourit à ces accents, expression de sa douleur et puis lui répondit : « Conserve, donc ces orne-
« ments si tu veux les conserver ; ma cruauté ne pre-
« tend point te ravir l'unique bien qui te rend agreste ;
« tiens-toi tranquille toutefois ; mais, si tu me crois
« incapable de mensonge ou de fraude, sache que mon
« œuvre qui maintenant te déplait t'aurait procuré
« louanges et noblesse ; sache qu'un jour quand tu ver-
« ras ton dommage, le regret et la connaissance de

« ton erreur seront inutiles; » il dit, et passe outre.

Cependant le prunier enté laisse développer ses rameaux; s'élève, et en peu d'années il déploie dans l'air
ses bras plus vastes et plus robustes au près de son
ami malheureux; quiconque passe admire la nouvelle
chevelure, en loue les beaux fruits. L'autre prunier qui
voit la merveilleuse croissance de son compagnon.
croissance qu'il ne soupçonnait point auparavant en devient alors épris, et demande instamment à changer
sa forme ancienne et sauvage, il crie à l'agriculteur :
« Satisfais mon désir, je veux être greffé; je veux me
« perfectionner aussi. » Mais le cultivateur lui répond
aussitôt : « il n'est plus temps, je ne puis à présent
« te greffer. Ce n'est que dans le premier âge seule-
« ment, âge heureux, où l'on peut régénérer les feuilles
« et les fruits, maintenant cet âge est désormais passé,
« et tu seras toujours sauvage et méprisable. »

FIN DES FABLES DE DIVERS AUTEURS.

Elvira Rehn in . . .   Rezzesferri pinxit   et Publ p Stg Mi.

LA DIVINE COMÉDIE

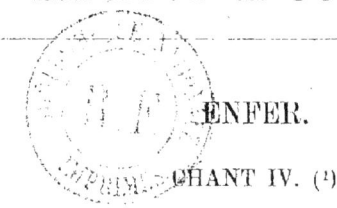

ENFER.

CHANT IV. (1)

ARGUMENT.

Premier cercle ou les Limbes.

Un tonnerre effroyable a rompu mon sommeil,
Son grondement en moi retentit, je m'élance,
Tel l'homme dont on a provoqué le réveil.

Mon œil s'est un'instant reposé, je m'avance,
J'élève mon regard, il descend, va, s'instruit,
Interrogeant des lieux où tout m'est ignorance;

Et je me reconnus, la verité m'y suit,
Sur les bords d'un vallon où la douleur réside,
Caverne des hauts cris que la douleur produit,

Abime-obscurité, vapeur noire, fétide,
Et, mon œil mesurant mais en vain ces bas-fonds,
Je n'y voyais partout qu'un vide, immense vide.

Et Virgile : — En ce monde assombri pénétrons.
(D'un mourant à mes yeux ses traits offraient l'image)
Je serai le premier, toi le second, marchons.

---

(1) Les I, II, III et V.me chants ont été insérés dans les notes de la traduction en vers du *Paradis* — Vigo, Livourne , 2 vol. in-8.º avec figures, et
supplément de 15 chants.

Quand je vis la pâleur altérant son visage,
—Moi, marcher, sur vos pas, dis-je, quand vous tremblez,
Vous, stimulant toujours mon inconstant courage?

— L'angoisse des damnés, là-bas accumulés
M'a-t-il dit, sur mon front a laissé cette teinte
De pitié qui parait peur à tes sens troublés.

Accélérons nos pas, le temps fuit, l'heure tinte.
Il entre, et sur ses pas m'entraine hardiment
Dans le cratère noir de la première enceinte.

Là, tel que j'en jugeai par mon entendement,
Nul n'y verse des pleurs, mais chacun y soupire,
Et l'air y reste ému d'un long ébranlement;

La cause: c'est que là gémissaient sans martyre,
Pêle-mele bruyant, affreux, confus amas,
Hommes, femmes, enfants, qu'un regret vif déchire.

Et mon maître:— pourquoi ne demandes-tu pas
Quels sont tous ces esprits dont tu vois la souffrance?
Avant d'aller plus loin, de moi, tu l'apprendras.

Ils ne péchèrent point, mérite insuffisance,
Du baptème aucun d'eux n'en a connu le prix,
Lui, porte de la foi, base de ta croyance.

Ils vécurent avant la doctrine du Christ,
N'adorèrent point Dieu comme il veut qu'on l'adore,
Et dans leur cas, je suis, moi-même, aussi compris.

C'est pour ce défaut-là, c'est parceque j'ignore,
Qu'ensemble nous souffrons, et le dur de nos maux
C'est vivre en désirant, espérer sans aurore.

La tristesse m'oppresse en entendant ces mots,
Car ce limbe enfermait gens de haute excellence
Attendant de monter en des cercles plus hauts.

Maitre exerçant sur moi ta suprème puissance,
Ai-je dit, désirant connaitre cette foi
Qui terrasse l'erreur par sa seule évidence,

   Quelqu'un sorti d'ici par son mérite à soi,
Ou par celui d'autrui, monta-t-il à la gloire ?
Lui qui vit le discours que je lui voilais, moi,

   Me dit : — j'étais nouveau dans cette enceinte noire,
Quand j'y vis arriver un grand, un haut seigneur,
Couronné d'un bandeau symbole de victoire.

   Il en tira l'esprit de notre grand auteur ;
D'Abel, son premier né ; de Noè, son fidèle ;
De Moïse ce sage et grand législateur ;

   Du docile Abraham, de David roi-modèle,
D'Israël, de son père avec ses douze fils,
Et de l'humble Rachel, dont il paya le zèle.

   Bien d'autres, avec eux, au ciel furent admis,
Et sache qu'avant eux d'esprits nulle recrue
A l'éternel salut n'avaient été ravis.

   J'insistais, nous marchions, son discours continue.
Nous entrons, toutefois, au sein d'une forct,
Je dis forêt d'esprits, effroyable cohue.

   Nous n'avions fait encor qu'un bien petit trajet,
Loin du point de départ, quand brille un météore
Qui sur le front d'un noir hémisphère montait.

   Nous étions éloignés, mais pas assez encore
Que notre œil pénétrant ne pût clairement voir
Quels étaient les esprits dont cet orbe s'honore.

   O splendeur des beaux arts, o foyer de savoir !
Qui sont-ils ceux qu'ici le respect environne,
Et qui vivent à part en l'infernal manoir ?

Et sa réponse fut: leur renom qui résonne
Dans le monde d'en haut, univers où tu vis
Les fait aimer du ciel qui leur voudrait un trône.

Une voix s'éleva soudain, et j'entendis:
Accueillez, honorez, le grand, le haut poète;
Son ombre qui s'en fut rentre dans nos parvis.

Cependant cette voix et se meurt et s'arrête.
Quatre nobles esprits s'avançaient, je les vis:
Calme, sérénité, sur leurs traits se refléte.

Et mon excellent maître en ces mots a repris:
— Vois le glaive à la main ce personnage austère,
Premier, avant ces trois, qui lui semblent soumis:

Poète Suzerain, c'est le sublime Homère,
Non loin de lui s'avance Horace le frondeur;
Ovide est le troisième; et Lucain à l'arrière;

Eux et moi nous donnons un vote approbateur
Au titre proclamé par la voix isolée;
Ce leur est un devoir s'ils me rendent honneur.

Ainsi j'eus sous les yeux l'école renommée
Du créateur des chants les plus hauts élévés,
Qui plana loin de tous tel l'aigle en sa volée.

Après quelques propos alternés, échangés,
Ils se tournent, me font salut, et révérence;
Et mon maître a souri de ces respects aimés.

Leur salut m'honora moins que leur déférence;
Il m'ont ouvert leurs rangs, admis au milieu d'eux,
Et, sixième, je pris part à leur conférence.

Nous marchâmes ainsi, jusq'au point lumineux,
Discourant sur des faits bons à présent à taire,
Autant qu'il était bon d'en parler en ces lieux.

Nous arrivons, enfin, au pied d'un fort de guerre
Dont sept fois un mur haut investissait les flancs
Protégés tout au tour d'une belle rivière.

Nous marchions sur ses flots, à sec comme en des
Nous franchissons sept arcs, nouvel itinéraire, [champs;
Et nous nous reposons dans des prés fleurissants.

Maints esprits s'y trouvaient à l'œil grave et sévère,
Sur leurs traits se peignait leur grande autorité.
Ils parlaient peu, mais leur voix douce savait plaire.

Nous nous retranchons donc sur un bord écarté.
En un lieu découvert, culminante vigie,
D'où l'œil pouvait voir tout dans toute sa clarté.

Là, debout sur l'émail d'une jeune prairie,
Mon guide m'a montré ces esprits éminents
Délices de mon cœur et charme de ma vie:

Électre qu'entouraient de nombreux courtisans.
J'y reconnus Hector et le pieux Énée,
Le belliqueux César aux yeux étincelants.

Là, j'aperçus Camille et puis Penthésilée.
A quelque pas je vis l'illustre roi Latin;
Sa fille Lavinie à ses flancs attachée.

J'ai vu ce fier Brutus, le fléau de Tarquin,
Cornélie et Marcie et Julie et Lucrèce,
Et seul, assis à part, le morne Saladin.

Puis élevant mon œil qui désireux s'empresse,
J'y reconnus le chef du monde des savants,
Dans l'orbe des plus grands docteurs de la sagesse.

Tous l'admirent et tous se font ses courtisans.
Je vis Socrate, et puis le chef académique,
Platon plus près de lui que ses autres clients.

Démocrite qui croit au hasard; le Cynique;
Anaxagoras et Thalès le physicien,
Empédocle, Héraclite et Zénon l'ellétique
    De la vertu des sucs le grand statisticien,
De nom Dioscoride, et puis j'y vis Orphée,
Tullius, Tite-Live, éloquent historien,
    Sénèque le moral, Euclide, Ptolémée;
Hippocrate, Avicenne, et Galien grands docteurs;
Averroës qui fit la glose si vantée.
    Je suis forcé d'omettre un grand nombre des leurs,
Car ma thèse trop vaste à me hâter m'invite;
Et plus que les discours les faits parlent aux cœurs.
    Notre congrès fini, quatre et deux on se quitte,
Par un autre sentier mon maître me conduit;
Je passe d'un air calme en un air qui palpite,
    Et me trouve en un point où tout n'est plus que nuit.

FIN DU CHANT IV.

CHANT VI.

ARGUMENT.

Troisième cercle : les Gourmands.

Quand j'eus repris mes sens, stupéfaits, engourdis,
Devant ces deux amants dont l'amour d'un nuage
De tristesse et de deuil voila tous mes esprits,

　Tourments et tourmentés, nouveaux excès de rage,
M'environnent partout où je veux me mouvoir,
Me tourner, ou porter quelque part mon visage.

　Au troisième giron où je suis à me voir,
Pluie éternelle et froide et maudite et pesante,
Quantité, qualité, constance en son pleuvoir;

　Grêle massive, neige, eau non plus transparente,
Dans un air ténébreux diluvien torrent,
Du sol qui les reçoit la poitrine est puante.

　Cerbère, monstre affreux, cruel, récalcitrant,
De son triple gosier hurle en chien, vous harcèle,
Menace les noyés de ce gouffre béant.

Oeil vif, barbe onctueuse, à poils noirs, pêle-mêle,
Large et lourd abdomen, ongles longs et crochus,
Il griffe les esprits qu'il écorche, écartèle.

Ils hurlent sous la pluie en hurlements aigus;
Leur flanc gauche au flanc droit fait rempart à l'orage;
Se retournent souvent profanateurs perdus.

Quand Cerbère nous vit, ce ver au grand corsage,
Il bée en nous montrant son affreux râtelier:
Pas un seul membre alors qui ne frémit de rage.

Mon maître ouvre sa main; au terrible portier,
Du sable qu'il saisit, lance plein la poignée;
En bâillonne l'avide et caverneux gosier.

Tel le chien affamé qui cherche la dînée
Se calme quand il a conquêté l'aliment
Qu'il convoite et dont seul il veut faire curée.

Tel alors a mué l'effroyable aboîement
Du Cerbère-démon à voix si glapissante,
Que les esprits voudraient surdité du néant.

Nous marchons sur des morts qu'une pluie incessante,
Lourde, affaisse, et nos pas s'imprimaient, s'enfonçaient
Sur spectres vaniteux à personne apparente.

Pêlê-mêle étendus sur le sol ils gisaient
Tous, un seul excepté qui brusquement s'élance,
S'assied quand il eut vu deux humains qui passaient.

— Toi qui dans cet enfer sous ton guide t'avance,
Tu fus fait bien avant qu'on eut mes os défaits:
Parle, aurais-tu de moi quelque ressouvenance?

Je lui dis: — ta douleur défigure tes traits,
Et répand sur mes sens une telle fumée
Qu'il me semble, je crois, ne t'avoir vu jamais.

— Ombre, dis-moi ton nom ? toi, profonde immergée
En ce lieu de douleurs, car, s'il est des tourments
Plus durs, nulle ne fut plus durement logée.

Il répond : ton pays groupe de turbulents,
D'envieux, sac de haine extra-surabondante,
M'enferma du premier au dernier de mes ans :

Ciacco, tel est le nom dont ma cité se vante ;
Et c'est, comme tu vois, pour ma voracité,
Qu'ici je suis broyé sous l'humide tourmente ;

Et je ne suis point seul et sans complicité.
Telle âme que tu vois triste, ici retenue,
Y purge mon délit. Lors il s'est arrêté.

J'ai répliqué : — Ciacco, ta souffrance me tue.
Sollicite mon âme à s'épancher en pleurs.
Mais, dis-moi si tu sais quelle sera l'issue

Des partis divisés qu'aveuglent leurs fureurs ?
S'il est un juste encor ? Laisse moi donc apprendre
Comment sur la cité pleuvent tant de douleurs.

Il dit. — Aux longs débats où l'on devra descendre
Le sang succèdera, puis le parti des champs
Sur les tristes vaincus osera tout prétendre ;

Puis ceux-ci crouleront au déclin des trois ans.
L'autre viendra sur l'eau, buté par la puissance
De tel qui ruse, intrigue auprès des intrigants,

Il marchera longtemps dans sa haute arrogance,
Tenant son ennemi sous des fers onéreux,
Le quel pleure en sa honte envain sa déchéance.

Des justes, deux encor, mais sans pouvoir, oui, deux !
Haine, avarice, orgueil sont les trois étincelles
Qui dans les cœurs de tous ont allumé les feux.

A ces mots a cessé son larmoyant langage ;
Et je lui dis : « Poursuis, ne t'arrête pas là ;
« De quelques mots de plus accorde moi le gage.

  « Farinata, Tecchia, Rusticucci, Mosca,
« Arrig qu'à la vertu porta leur caractère
« Et tel, tel qui comme eux au bien se consacra,

  « Où sont-ils ; dis-le moi, ne veuille point les taire ?
« Contènte mes désirs, tu nous obligeras.
« Rayonnent-ils aux cieux, ou souffrent-ils sous terre ?

  « — Parmi damnés plus noirs tu les retrouveras ;
« Autre crime les tient en fosse plus profonde ;
« Descends, car tu le peux, et tu les y verras.

  « Si tu revois, un jour, les clartés de ton monde
« A tes concitoyens rappelle-moi souvent :
« N'attends plus mot de moi, ni que je te réponde.

  Son œil, direct dabord, se tourne obliquement,
Me regarde, s'éloigne, et sa tête affaiblie
Tombe, et lui, chez les siens, va reprendre song rang.

  Et mon guide : « Pour eux plus d'éveil à la vie
« Que l'ange n'ait sonné l'heure du jugement,
« Quand hâtera ses pas leur puissance ennemie.

  « A sa tombe chacun recourra tristement,
« Vétira chair et traits, ouïra de son ouïe
« Du décret éternel le retentissement. »

  Nous marchions à travers les ombres et la pluie,
Mélange infect, impur, et non sans être émus,
Effleurant quelques points de la future vie.

  — Maître, ai-je dit alors, ces tourments absolus
S'accroîtront-ils après la dernière sentence ?
Seront-ils adoucis, seront-ils aussi crus ?

« Va, me répondit-il, consulter ta science
« Qui veut que plus un être est parfait en naissant,
« Plus il doit ressentir le bien ou le souffrance.

  « Quoique ces reprouvés vivent en se berçant,
« Ils ne seront jamais une race innocente,
« Croyant l'être, après, plus qu'ils ne furent avant.

  Nous tournâmes autour de la fosse béante,
Parlant sur des sujets que je tais au lecteur ;
Nous arrivons enfin au point de la descente ;

  Là, s'y trouva Plutus le grand contradicteur.

FIN DU CHANT VI.

CHANT VII.

ARGUMENT.

Quatrième cercle : les avares, les prodigues. Cinquième cercle :
les paresseux, les irascibles.

Pape Satan, pape Satan aleppe, tel
A débuté Plutus d'une voix glapissante,
Et mon courtois Docteur, Docteur universel
    Me rassure en ces mots. « Menace indifférente,
Vaine, pouvoir déchu ; quel qu'il se soit montré
Tu descendras ce roc, il n'importe la pente !
    Puis arrêtant son œil sur ce front effaré
Il a dit. » Tais-toi donc, loup, engeance maudite,
« Digère en toi ta rage et sois en dévoré.
    « Tu sais au noir séjour pourquoi cette visite,
« On le veut où Michel, des anges le plus grand.
« A terrassé l'orgueil de l'infidèle élite.
    Telle s'enfle la voile aux haleines du vent,
Se refoulant sur soi quand tombe la mâture :
Tel ce monstre cruel tombe sans mouvement.

Devant nous s'ouvre alors la quatrième cloture,
Devant nous s'élargit le giron douloureux
Sac des perversités de toute la nature.

Juste ciel, que de maux s'expient en ces lieux!
Tout était à mon œil tourments, travaux, misère.
Pourquoi donc nos méfaits nous font-ils si hideux?

Tels dans l'étroit Scylla poussés en sens contraire
Les flots heurtent les flots, tels on voit constamment
Se heurter ces damnés par un choc nécessaire.

Là, je vis plus qu'ailleurs nombreux attroupement,
Chacun poussait du sein un rocher effroyable,
Et leurs multiples cris n'étaient qu'un hurlement.

Ils se heurtaient de front, puis, sort impitoyable,
Ils rebroussaient chemin en se disant entre eux:
« Vilain thésauriseur, frondeur abominable. »

Ils parcouraient ainsi leur cercle ténébreux,
Allant des deux côtés vers une fin contraire,
Hurlaient en se jetant leur refrain odieux.

Chacun ayant touché le but de sa carrière
Revenait sur ses pas pour un nouveau tournois.
Et le cœur pénétré d'une douleur sincère:

« Maître, éclaire mes sens, lui dis-je, humble de voix.
« Qu'est-ce donc que ces gens? ont-ils eu la prêtrise
« Tous ces tonsurés là qu'à ma gauche je vois?

« J'avouerai, m'a-t-il dit, sans craindre de méprise,
« Que chacun d'eux vécut bien court d'entendement,
« Sans bornes s'il dépense, ou s'il économise.

« Leur langage l'indique assez ouvertement,
« Quand ils touchent au point extrême du colère
« Leurs défauts opposés en font un double camp.

« Les gens qu'ici tu vois, cranes sans chevelure (1)

« Furent tous de vrai clercs, papes ou cardinaux,

« Qu'un double excès perdit : la lésine et l'usure.

    « Maître, lui dis-je alors, dans ces vastes cachots

« Ne s'en trouve-t-il point que je pourrais connaître

« Qui furent dans leur vie entachés de ces maux ?

    « Vain penser, m'a-t-il dit, qu'on ne saurait admettre ;

« Leur état ignoré, les fit si vils, si bas,

« Que tel qui les connut ne les pourrait remettre.

    « Ils reviendront sans fin à ces doubles débats,

« Un jour ils laisseront du tombeau la nuit noire,

« Ceux-là les poings serrés, ceux-ci les cheveux ras.

    « Mal donner, mal tenir chose en soi dérisoire,

« Les repoussant du ciel les livre à ces assauts,

« Je te les peints tels quels, sans idée accessoire.

    « Apprends combien est court le mouvement des flots

« Des biens qui sont, mon fils, commis à la fortune,

« Biens pour qui les humains se heurtent sans repos :

    « Car tout l'or que l'on vit, que l'on voit sous la lune,

« De tant d'âmes, ici, spectres toujours mouvants,

« N'en saurait seulement immobiliser une.

    « Maître, à mon exigence, encor quelques instants :

« La fortune qu'ici ta voix ma signalée

« Qu'est-elle, puis qu'elle a tant de biens et si grands ?

    « Misérables humains, (sa voix s'est animée)

« Combien votre ignorance aveugle vous séduit,

« Je veux de mes pensers te fournir la becquée.

---

(1) Ne perdons pas de vue que Dante quand il attaque les abus si communs à son époque, respecte toujours le dogme, et l'autorité, et s'il attaque les personnes il le fait avec plus de ménagement que ne le faisaient dans leurs siècles Jéhan de Meung, dans le roman de la rose, et les moines franciscains et Pétrarque, et Rabelais, et le fameux Erasme dans son éloge de la folie.

« L'œil pour qui le savoir n'a ni secret ni nuit,
« Fit les cieux, leur unit une force motrice,
« Telle qu'une leur de l'une à l'autre luit,
    « D'une égale clarté force distributrice ;
« Réglant par cette loi les terrestres splendeurs,
« Il leur donna pour maître un chef, une tutrice,
    « Qui, changeant, dispensant à son gré ses faveurs,
« Des états et du sang en fit la survivance,
« En dépit des efforts des vulgaires fureurs.
    « Delà l'absolutisme, ou bien la décadence,
« Cachés dans les arrêts de cette déité,
« Tel qu'un serpent sous l'herbe y voile sa présence.
    « Et contre elle que peut votre sagacité ;
« Elle prévoit et juge et règne en souveraine,
« Tels les premiers créés de la divinité.
    « Elle élève, elle abaisse et sans que rien l'enchaine,
« Nécessité soutient, hâte son vol hardi,
« Elle est le vrai moteur de l'inconstance humaine.
    « Voilà la déité clouée au pilori
« Par gens qui lui devraient honneur et sacrifices,
« Loin de la mettre au ban du blâme ou du décri.
    « Mais elle reste heureuse et honnit les caprices,
« Et goûtant le bonheur des esprits purs-conçus,
« Elle roule sa sphère au sein de leurs délices.
    « Descendons où nos cœurs seront bien plus émus.
« Toute étoile décline, elle s'était levée,
« Quand je m'acheminai ; retards sont défendus. »
    Nous passons d'une rive à la rive opposée,
Au dessus d'une source où boût un flot impur,
D'un fossé de son sein vive et brusque échappée.

Le flot n'était point noir mais n'était point azur,
Et nous, associés au cours de l'onde bise,
Nous pénétrons en-bas par un chemin plus sûr.

Un marais s'y trouvait ; son nom, que je le dise,
C'était le Styx ruisseau qui, tombé des sommets,
Amortissait au pied du roc son onde grise.

Et moi dont les regards ne se lassaient jamais,
Je vis âmes sans nombre en la fange engouffrées,
Spectres nus, menaçants, parqués en ces marais.

Ces âmes combattaient non avec mains armées,
Mais leurs têtes, leur pieds, leurs poitrails se heurtaient,
Et leurs dents mutilaient leurs chairs déchiquetées.

Et mon maître : « Tu vois des cœurs que subjuguaient
Ces haines aiguillons d'aveuglantes colères ;
Sache, et je le tairais, si les choses n'étaient,

Que d'autres sous ces flots soupirent leurs misères,
Soulevant les bouillons des flots de leurs fureurs,
Tu le vois quelque part que tombent tes paupières ;

Embourbés dans la vase ils disaient : « Vils pêcheurs
« Nous vécûmes au monde où le soleil rayonne,
« En nos sens des poisons fermentaient les vapeurs ;

« Notre plainte aujourd'hui dans ce lac noir résonne. »
Du fond de leurs gosiers tels ils grouillaient ce chant,
Hymne de la douleur, chant brisé, monotone.

Nous franchîmes ainsi sur ce fétide étang,
Un grand arc, d'une rive à la rive contraire,
L'œil sur qui dans la fange en broyait l'aliment.

Puis nous touchons au pied d'une tour solitaire.

FIN DU CHANT VII.

LA DIVINE COMÉDIE

ENFER.

CHANT XXXI.

—

ARGUMENT.

Dante et Virgile continuent leur route dans le neuvième cercle,
divisé en quatre sphères. Ils y trouvent Nembrod, Ephialte
Briarée. Sur la prière de Virgile, Antée prend les deux poétes
entre ses bras et les descend au fond de l'abime.

Cette imposante voix qui naguère frondait
Et m'avait fait monter la rougeur au visage,
La même voix plus tard caressait et flattait.

Telle on disait la lance échue en héritage
De Pélée à son fils avoir reçu le don
De blesser et guérir triste et doux apanage.

Nous laissons loin de nous le douloureux vallon,
Nous montons la hauteur où s'ouvrait le cratère,
Marchant sans proférer un simple oui, ni non.

Ce lieu ne présentait qu'un jour crépusculaire,
L'œil ne pouvait dès lors voir qu'à quelques arpents,
Mais j'entendis d'un cor la voix terrible et fière.

Elle aurait du tonnerre éteint les grondements ;
Je marche au point d'où part la sonore tempête ;
J'arrête mes regards sur le point culminant.

Depuis la mémorable et sanglante défaite
Où Charles déplora son triomphe avorté
Roland d'un cor moins fier ne sonna sa retraite.

Je dirige mes pas, mon œil de ce côté;
Je crus voir mille tours s'élançant dans la nue:
Maître, lui dis-je alors, quelle est cette cité?

Quand sous un demi-jour on lit dans l'étendue
M'a-t-il dit, et surtout qu'on veut juger des yeux,
Il advient que l'objet qu'on voit ment à la vue.

Mais si tu peux enfin arriver sur les lieux
Tu connaîtras combien notre vue est trompeuse:
Allons, ranime-toi, pique un peu plus des deux.

Puis courtois, il me tend une main généreuse,
Et me dit: halte-ici pendant quelques instants,
Pour qu'en toi nulle chose ici ne soit douteuse.

Apprends qu'au lieu de tours ce sont-là des géants;
Tu les vois tous rangés autour de ce rivage,
De la ceinture en bas enfoncés au dedans.

Telle quand la vapeur qui nous voile une plage
Cède aux rayons du jour, et que le ciel sourit,
On découvre l'objet que cachait le nuage.

Tel perçant le rideau qu'un air lourd assombrit,
M'approchant lentement d'un pas que je mesure,
Mon erreur disparait et la peur m'ahurit.

Tel Montereggion voit sur sa vaste ceinture
Se dessiner ses tours au front dominateur,
Telle était de ce puits la marge de cloture.

Ainsi montaient dans l'air, de leur demi-hauteur,
Ces horribles géants, qui des bras du tonnerre
Semblaient braver encor le dard dévorateur.

De l'un d'eux je voyais déja la mine altière,
L'épaule, l'estomac, le ventre, son ampleur,
Les deux bras qui du puits effleuraient la lisière.

Quand jadis l'art cessa d'être le créateur
De cette engeance-là, l'idée en fut prudente,
C'était ravir à Mars plus d'un exécuteur.

Si l'éléphant compacte ou baleine géante
Voient le jour sans remords, la saine raison dit
Que la nature en soi se montra conséquente.

Car le raisonnement secondé de l'esprit
S'il unit la puissance à la ruse subtile,
Ce qu'ils ont sourdement miné, tombe et périt.

La face du géant était un grand strobile
Long et rond, tel il est sur le dôme romain;
Tête et corps s'unissaient en harmonieux style,

Tel que le parapet environnant le rein,
En laissait voir autant jusqu'à la chevelure
Qu'il s'en cachait en bas dans l'abyme sans fin.

Trois Frisons l'un sur l'autre et de haute stature
Ne le mesuraient pas; son élévation?
Trois brasses par dix fois, du ventre à l'encolure.

Rafel, Ameeh ami, ce rauque et brusque son,
Retentit échappé de sa bouche effroyable,
Qui ne pouvait parler sur un plus noble ton.

Et mon Maître lui dit: ô être abominable,
Poursuis, sonne du cor, tu te soulageras,
Quand la rage te mine, ou le dépit t'accable.

Cherche autour de ton cou, là tu retrouveras
Le bufle auquel ton cor pend près de ton aisselle;
Il cercle ta poitrine, eh, ne le vois-tu pas!

Puis il m'a dit: entends, lui même il se décèle.
Ce géant c'est Nembrod, dont le rêve insensé
Brouilla, bouleversa la langue universelle.

Laissons-le; point ici de discours déplacé:
Le langage d'autrui n'est pour lui qu'un problême,
Et le sien s'est pour eux en cahos déguisé.

Nous marchons, nous marchons pour arriver quand
Nous appuyons à gauche: à cent pas de hauteur [même
Autre plus fier, plus grand, plus cruel Polyphème.

Qui musela ses bras, quel en fut le dompteur?
Le gauche était au dos dans une horrible gêne,
Et le droit fortement cloué contre son cœur.

Du cou jusques en bas descendait une châine
Circonscrivant cinq fois son monstrueux côté
Son buste du grand puits dominait la carène.

Mon guide: — Ce géant, orgueil et vanité,
Osa se comparer au maître du tonnerre;
Il recueille le prix qu'il en a mérité.

Ephialte est son nom: ce fut lors de la guerre
Des Dieux et des géants qu'il montra ses hauts faits.
Ses bras actifs ici sont contraints de se taire.

Et je lui répondis: — Oh combien je voudrais
De l'aspect de l'immense et vaste Briarée
Rendre si tu le peux mes regards satisfaits.

Tout près d'ici, dit-il tu trouveras Antée;
Il parle, agit, est libre et nous transportera
Dans l'extrème giron de la race damnée.

L'objet de tes désirs est bien loin, par-delà,
Captif sous des fers lourds, du reste il lui ressemble,
Sauf un air plus brutal que celui-ci ne l'a.

Jamais commotion quand la campagne tremble
N'agita si soudain tours, maisons et palais,
Que ne fit Ephialte en son terrible ensemble.

Je me vis en un mal plus réel que jamais ;
La peur aurait suffi pour briser mon courage
Sans les énormes fers que sur lui je voyais.

Calmes, nous poursuivons alors notre voyage ;
Antée est devant nous : à cinq aunes borné,
Plus la tête, il montrait hors du puits son corsage.

O toi, toi qui jadis dans le champ fortuné
Où Scipion devint l'héritier de la gloire
Quand Annibal s'enfuit des siens abandonné ;

Toi, dont mille lions payèrent la victoire,
Si tes frères sous toi du grand assaut des cieux
Eussent pressé l'attaque, on est constant à croire

Que les fils de la terre auraient vaincu les Dieux.
Consens-y, descends-nous, là-bas dans le Cocyte
Dont la glace engourdit les replis odieux.

N'adresse point celui pour qui je sollicite
A Typhon ou Tytie, il saura te servir ;
Incline-toi ; prends-moi, seconde mon invite ;

Ton nom pourra par lui dans le monde y grandir :
Il vit et se promet une longue existence
Si la grâce permet qu'il en puisse jouir.

Il avait dit ; Antée, en toute complaisance,
Tend sa main à mon guide, et ces bras élargis
Dont Hercule autrefois pesa la résistance.

Quand de sa vaste main Virgile se sent pris,
Approche, m'a-t-il dit, je te prendrai, courage !
En un faisceau, lui, moi, nous voilà réunis.

Telle Garisenda présente son image
A l'œil qui vis-a-vis de son inclinaison
Voit son faîte penché se voiler d'un nuage :
  Tel m'apparait Antée, étrange émotion,
Pendant que j'attendais le voir tête-baissée
Quelle frayeur en moi, quels regrets, quel frisson.
  Lentement dans l'abime il fait sa traversée,
Nous dépose où Judas et Lucifer y sont.
Sa disparition ne fut qu'instantanée,
Comme un mât de navire il releva son front.

FIN DU CHANT XXXI.

CHANT XXXII.

—

ARGUMENT.

Neuvième cercle. Le fond de l'abîme — Le Cocyte — les traîtres.
Première partie: La Caïne: ceux qui trahirent leurs parents.
Deuxième partie: L'Anténore: ceux qui trahirent leur patrie.

Si j'avais des accords durs, âpres, enroués
Harmoniés au gouffre objet de mes pensées
Clef de voûte aux rochers l'un sur l'autre écroués,

   J'exprimerai plus plein le suc de mes idées;
Mais ici l'art me fuit ou devient impuissant;
Et je tremble à fouler des routes non sondées.

   Et qu'on y songe bien, ce n'est point jeu d'enfant,
Dire d'un monde entier le fond et ses mystères;
Ni moins encor le fait d'un langage naissant.

   Soutenez mes élans déités tutélaires;
Vous, muses d'Amphion, aides aux murs thébains,
Que mes vers soient du vrai les peintures sévères.

   Et vous vils plus que tous, triste race d'humains,
Vous dans ce gouffre où vit tout ce qui fut inique
Que n'eussiez vous la-haut rampé sur quatre mains.

Descendus jusqu'au fond du grand puisard conique,
Sous les pieds du géant et même encor plus bas,
J'en mesure des yeux le mur océanique.

J'entends gronder sur moi: Vois, vois comme tu vas,
Garde-toi de fouler dans ta marche une tête,
Ménage les esprits, frères malheureux, las.

Je me tourne, ô surprise, à mes yeux se projette
Et sous mes pieds un lac, qui massif spacieux
Me semblait un miroir plus qu'une mer muette.

Le Don ou le Danube au cours impérieux
N'eurent jamais leur lit sous manteau plus horrible
Dans l'horizon glacé d'un ciel injurieux,

Tel que l'avait ce lac, tristesse indescriptible.
Tabernick, Pietrapan sur lui précipités
N'eussent de tout leur poids rendu l'effet sensible.

Et telles qu'on entend de leurs sombres cités
Grenouilles coasser hors de l'eau, tête nue,
A l'heure où la glaneuse en songe est dans les blés,

Tels ces spectres bleuis, sur la morne étendue
De ce lac, surgissaient demi-bustes glacés,
Clapant des dents ainsi que du bec fait la grue.

Ils tenaient leurs regards piteusement baissés,
Leurs bouches trahissaient le froid de leur haleine
Le denil du cœur naissait de leur yeux enfoncés.

Mes yeux cessent d'errer sur la vitreuse plaine,
Je les baisse et je vois, cheveux ébouriffés,
Brouillés, deux corps étreints comme anneaux d'une
Répondez, spectres, vous l'un à l'autre agraffés, [chaîne
Dis-je, vos noms? leur cou se rejette en arrière,
Et leurs yeux sur les miens s'arrêtent, attristés.

L'humidité des pleurs perce sous leur paupière;
Ils coulent, mais le froid en arrête les jets,
Les condense, et leur corps de plus près se resserre.

Jamais crampon ne tint si fort soudés deux ais,
Tels qu'etaient les deux corps qui, poussés de démence,
Se heurtaient comme boucs sans se lasser jamais.

Un autre à qui le froid dans sa recrudescence
Fondit et l'une et l'autre oreille, s'écria:
Pourquoi te mirer tant dans notre transparence?

Veux-tu savoir quels sont les deux que tu vois-là?
Le val que le Bisonce arrose fut la terre
Dont Albert en faveur de ses fils disposa.

Ils naquirent tous deux d'une commune mère.
Traverse la Caïne on n'y peut découvrir
Un damné plus que lui digne de son salaire.

Ni celui que le bras d'Arthur prompt à férir
Perça de part en part d'un seul coup, ni Focale,
Ni celui dont la tête ici vient me couvrir,

Et m'éclipse le yeux de l'ombre de sa masse,
Et qui fut dénommé Sassone Maschéron;
Tu le reconnaitras, toscan, tu l'as en face.

Tu sauras que je suis Pazzi Camicion,
Je le dis, coupant net à détails insipides,
J'attends ici Carlin qui vengera mon nom.

Je vis, effet du froid, mille faces livides,
Et je sentis en moi circuler des frissons
Que nourriront longtemps ces visions lurides.

Tandis que vers le centre à pas lents nous tendons
Où toute pesanteur en silence gravite,
Et que j'étais tremblant sur ces affreux glaçons,

Fut-ce destin, fortune, ou volonté, j'hésite;
Errant ou je voyais tant de têtes pointer,
Je heurte par hasard un visage, il s'agite.

Et s'écrie en pleurant: Eh pourquoi m'insulter
Si tu ne viens encor accroitre la vengeance
De Montapert? qui donc te fait me molester?

Maître, dis-je, à mes vœux un peu de déférence;
Je voudrais que ce mort sur un fait m'instruisit,
Puis je te vouerai ma pleine obéissance.

Mon guide s'arrêta, je m'adresse à l'Esprit:
Quel nom as-tu porté, toi dont le nom s'ignore?
Frondeur intempestif, blasphémateur maudit:

Il répond: et le tien, toi qui dans l'Antinore
Vas souffletant du pied nos fronts, être vivant,
Si tu l'es, ton outrage est trop sanglant encore.

— Je vis, et si pour toi c'eut été consolant
Que ton nom par mes vers soit connu sur la terre
J'en dirai ce qu'on doit à tout nom bien sonnant.

—Point du tout, loin de-là, je cherche à m'y soustraire;
Laisse-moi, plus d'ennuis, écoute mon aveu:
La flatterie ici ne saurait que déplaire.

Je le prends par la nuque, eh, réponds à mon vœu;
Tu me feras connaître à présent ta personne,
Ou tu n'en sauveras pas le moindre cheveu.

—Libre à toi s'il te plait, tempête, éclate, tonne,
Je la tais, la tairai, foin de tes procédés,
Quand sur moi tomberait ton corps lourde colonne.

Ses cheveux à mon bras doublement enlacés,
J'en avais dans ma main une mèche captive,
Pendant qu'il aboyait, tenant les yeux baissés,

Quand une ombre lui crie: eh, qu'est-ce qu'il t'arrive,
Bocca, grincer des dents ne te suffit-il pas
Sans aboyer; est-il en toi démon qui vive?

Tais-toi; de t'écouter je ne suis que trop las.
Traitre, j'évoquerai la honte sur ta tête,
Ai-je dit, et le vrai, sur toi, par tous climats.

Pars, qu'a ton gré ta langue, à tous les vents s'y jette;
Mais, si de ces bas-fonds tu t'éloignes jamais
Souviens-toi de l'esprit à la voix indiscrète,

Il pleure sur les bords les écus des francais.
J'ai vu Bosco, sois fier de savoir le leur dire,
Bosco chez des damnés claquemurés au fraìs.

Si l'on te demandait quel encor y soupire?
Tu pourras hardiment nommer Beccheria,
Ce lache dont Florence ordonna le martyre.

Giano, Saldanieri sont tout proche de là;
Puis Ganon, Tebaldo, chef de l'infame troupe
Qui quand on reposait fit ouvrir Faenza.

De quelques pas à peine eloigné de ce groupe
J'aperçus deux glacés en un même fossé,
Dont la tête de l'un à l'autre était en croupe

Et comme un malheureux qui par la faim pressé
Ronge un pain, il piquait d'une dent incisive
Le cerveau sur la nuque à son point enchassé.

Tel Tydée animé de sa rage explosive
Mutilait Ménalipe en sa voracité:
Tel le damné ce crane en sa froideur active.

O toi qui montre ici par ta férocité
Tant de haine à l'esprit que ta fureur dévore,
Dis-m'en le vrai pourquoi, sur ma sincérité

Que si ta plainte est juste et point ne se colore,
Connaissant et vos noms et ses cruels méfaits,
Je te ferai revivre où la vertu s'honore,
    Si la langue que j'ai ne sèche en mon palais.

FIN DU CHANT XXXII.

CHANT XXXIII.

—

ARGUMENT.

Suite de la deuxième partie du 9ᵐᵉ cercle. Mort d'Ugolin —
Troisième partie (La Ptolomée) les traitres.

Ce féroce damné de son repas sanglant
A détourné sa bouche et l'essuie en silence
Aux cheveux de son crane érodé sous sa dent.

Puis il a dit : tu veux ouïr dès sa naissance
Ce deuil désespérant, oppression du cœur,
Egarant ma parole au moment où j'y pense.

Si ma voix se transforme en germe créateur
De honte et d'infamie au chef que je machonne,
Tu verras à la fois et la plainte et le pleur.

Je ne sais ni ton nom, ni comment ta personne
Vient où nul ne le peut ; je te crois florentin,
Et je le crois vraiment quand ton accent résonne.

Tu sauras que je fus, moi, le comte Ugolin,
Lui, Roger l'Archevêque : or je m'en vais t'instruire
Du motif qui lui vaut un si cruel voisin.

Comment par les effets de sa rage en délire,
Quand je comptais sur lui, je fus pris, garotté,
Laissé mourir; passons, il n'importe à le dire.

Mais ce que tu n'as point su c'est l'atrocité,
L'horrible de ma mort si froidement conçue;
Ecoute, et de ses torts apprends l'énormité.

Par le haut soupirail du donjon de la mue
Qui donjon de la faim garda mon souvenir,
Où d'autres languiront maudissant leur venue,

Dans son champ circonscrit j'avais vu rajeunir
Phœbé plus d'une fois, quand un songe m'atterre,
Soulève le rideau voilant mon avenir.

Je vis Roger, seigneur, maître à l'allure fière,
Courir loups et louvats, sur le front des côteaux
Entre Lucques et Pise éternelle barrière.

Gualandi, Sismondi, Lanfranc, ces grands vassaux,
Aidés de chiens ardents, maigres, faits à la chasse
S'élançaient à sa voix et pressaient les assauts.

Une course forcée en peu d'instants harasse
Et le père et les fils et le groupe assassin
A déchiré leurs flancs de sa griffe ténace.

Debout avant qu'eut fui l'étoile du matin,
J'entendis mes enfants qui sur la dalle nue
Pleuraient en sommeillant et demandaient du pain.

O cœur dur, si deja ton âme n'est émue
Au noir pressentiment qui de loin s'éventait!
Pour qui seront tes pleurs si ta pitié s'est tue?

Mes fils ne dormaient plus et l'heure se hâtait
Où l'on nous divisait la quote habituelle,
Et chacun agité de son rêve doutait.

J'entends à doubles clefs fermer de la tourelle
Les guichets au dessous de notre internement;
Sur mes fils la pitié, mon œil muet m'appelle.

Pas de pleurs, car en moi d'ou fuit le sentiment
Mon cœur s'est fait rocher; mes fils pleuraient: père,
Dit Anselme; qu'as-tu? que veut cet œil souffrant?

Rien, ni larmes, ni pleurs, pour plaindre leur misère,
Ni pendant ce long jour, ni la nuit qui suivit,
Lorsque enfin le soleil nous rendit la lumière.

Quand un fil de rayon eut pénétré la nuit
Du lugubre cachot, lors, sur chaque visage,
J'y pus voir mon aspect sur leur front reproduit.

Je rongeai mes deux poings dans ma muette rage:
Eux pensant que la faim sur moi me fait sévir,
S'élancent et leur voix se fesant un passage:

Père, père ta faim pourra bien s'adoucir
Si tu manges de nous: nos chairs sont ta facture,
Reprends le vêtement dont tu sus nous couvrir.

Je me tais, redoutant les cris de la nature;
Deux jours durant aucun de nous ne soupira;
Ah, que ne t'ouvrais-tu, terre atrocement dure!

Le quatrième soleil vint et nous éclaira,
Gaddo tombe à mes pieds, s'écrie en sa souffrance:
O père, aucun secours de toi ne me viendra?

Il meurt: trois en deux jours, et tel qu'en ta présence
Tu me vois, je les vis tomber défigurés;
Mon œil s'est obscurci, lors dans ma défaillance

Je me traine à tâtons sur leurs corps expirés;
Trois jours après leur mort je les appelle encore:
Puis la faim surmonta ma douleur par degrès.

Il dit, jette un œil louche au spectre qu'il abhorre,
De son crane sa dent ressaisit les débris,
Et tel qu'un vigoureux dogue il se les dévore.

O Pise, infame Pise, horreur des beaux pays,
Où le *bel si* s'entend sonner avec délice
Quand pour te châtier tes voisins indécis,

Balancent, que Gorgone à Capraia s'unisse
Marchant fermer l'Arno de leurs monts conjurés,
Et qu'en toi tes enfants y boivent leur supplice.

Si trahison secrète, ou châteaux-forts livrés
Accusaient Ugolin, ô Thèbes renaissante!
Ses fils méritaient-ils d'être ainsi torturés?

Leur jeunesse, assez haut, se disait innocente
Dans Hugues et Brigate et leurs deux compagnons,
Dont j'ai loué plus haut la mémoire touchante.

Nous passons en des lieux où d'horribles glaçons,
Cernent d'autres damnés sous leurs langes vitrées,
Ils gisaient non pénchés mais renversant leurs fronts.

Les pleurs mêmes des pleurs arrêtent les coulées,
La douleur qui sur l'œil y trouve un froid bandeau,
Rentre au dedans, accroit les douleurs refoulées.

Les premiers pleurs issus y forment un rideau,
Tels que d'un verre clair une mince tissure,
S'y glacent sous le creux de l'œil qui s'emplit d'eau.

Et quoique la rigueur, l'excès de la froidure
Eut en moi, tel qu'un cal, tué le sentiment,
Et le frais coloris empreint sur ma figure,

Je crus sentir dans l'air quelque frémissement:
Maître, lui dis-je alors, d'où nous vient cette brise
Tout n'est-il pas ici privé de mouvement?

Tu vas être en des lieux d'horreur et de surprise,
Où ton œil te dira ce qui te fut caché,
Quand tu verras l'effet tel qu'il se réalise.

Un de ces malheureux de l'océan glacé,
S'écria: criminel dont les peines compensent
Tes étranges forfaits dans le dernier fossé,

Déchire de mon front ces voiles qui m'offensent;
Que le deuil de mon cœur reprenne un libre cours,
Avant que sur mes yeux mes larmes se condensent.

Et je lui répondis: si tu veux mon secours,
Ton nom? je t'aiderai, mais dans le cas contraire,
Sois-je précipité dans ces affreux séjours.

— Frère Alberic: c'est moi, qui réglai le sommaire
Du funèbre festin par le crime ordonné;
J'échange datte ici pour la figure vulgaire.

— Quoi? La faux de la mort t'a déja moissonné?
— Du corps que j'ai là-haut, ni de ma renommée
Je n'en sais rien, dès lors, j'en suis très-peu peiné.

Il est un privilége en cette Ptolémée
C'est que souvent on voit plus d'une âme y venir,
Bien qu'Atropos là-haut la tienne réclamée;

Mais pour que ta bonté se hâte à dégourdir
L'humeur qui sur mes yeux y pèse refroidie,
Apprends que quand une âme a fait tant que trahir,

Un démon lui ravit son corps, laissant sa vie,
S'y loge, je le sais, le gouverne à son gré,
Jusqu'au jour où du monde il fera sa sortie;

L'âme tombe en un gouffre ici bas préparé.
C'est ainsi que respire encore sur la terre
Mon voisin qui gémit dans la glace encastré;

Tu le connais venant de la suprème sphère;
C'est Brancadoria, depuis plus d'un été,
Il hiverne en ce gouffre où son destin l'enserre.

Tu te joue, ai-je dit, de ma crédulité,
Car Brancadoria là-haut roule équipage;
Il mange, boit, dort, vêt sa personnalité.

Dans le lac Mallebranche, au plus prochain étage
Où la ténace poix fermente en gros bouillon,
Sanche n'était encor point venu pour son stage:

Dans son corps qu'il ravit se logeait un démon,
Ainsi qu'en son parent, prix de sa perfidie
Qui les fit conspirer à même trahison.

Tends vers mon œil ta main, guéris-m'en la chassie?
Je repoussai les vœux qu'il m'avait adressés,
Et mon refus ingrat fut pour lui courtoisie.

Génois, gens par vos mœurs des humains divorcés,
Gens narquois, et madrés, qui croyez tout licite,
Que n'êtes vous du monde à jamais effacés?

Car près d'un Romagnol, ombre la plus maudite,
Je vis un de vous dont pour les noirs attentats
L'âme patauge au sein du ténébreux Cocyte,

Quand son corps vit toujours parmi des scélérats.

FIN DU CHANT XXXIII.

CHANT XXXIV.

—

ARGUMENT.

Quatrieme partie du 9ᵐᵉ cercle appelé Giudeca — Lucifer —
   sa description — les traitres — départ, sortie de l'enfer.

Le royal étendart du prince des enfers
Vient vers nous: vois, la-bas cette mobile masse
La vois-tu, dit mon guide, elle agite les airs.

   Comme à travers la brume haleinant dans l'espace,
Ou quand la nuit douteuse autour de nous s'étend,
On voit un moulin dont le bras passe et repasse,

   Je crus voir un objet à lui s'assimilant,
Puis fatigué par l'air je me jette en arrière,
Me couvrant de mon maître à défaut d'abri-vent.

   Déjà mon vers frémit d'aborder sa matière,
J'étais où les esprits en un lac glacial
Se montraient à nos yeux comme un fœtus sous verre.

   L'un était étendu, l'autre droit comme un pal;
Celui-ci sur ses pieds, son voisin le contraire,
L'autre en arc renversé du pied touche au frontal.

Loin du point de départ de notre itinéraire,
Quand mon maître voulut à mes yeux présenter
L'astre que revêtit l'éclat de la lumière,

Il me céde le pas et me fait m'arrêter.
Voilà Dité, dit-il, ici point de mollesse,
C'est ici qu'à la peur il te faut résister

Frisson, effroi, douleur, tout m'assiège, et m'oppresse.
Ne me demandez-point quel fut mon sentiment,
Car mon style et ma voix n'avouêraient que faiblesse.

Je n'étais mort ni vif quoique sans mouvement,
Mais songe, si le feu de l'intellect t'inspire,
Ce que je fus privé de mon double élément.

Le puissant suzerain du douloureux empire,
Jusqu'a mi-corps, montait de l'océan vitré,
Et je suis plus géant, moi, si j'ose le dire,

Que ne l'est un géant à son bras comparé.
Vois ce qu'il pouvait être en calculant son aire,
Si tu juges du bras de son corps séparé,

Si sa beauté s'est faite effroi de la matière,
Et si bravant son maître en restant insoumis,
Il fut de tous les maux la source originaire.

O prodige, o terreur soudaine quand je vis
Trois visages soudés à sa téle effroyable;
L'un en face de moi, rouge comme un rubis,

Deux autres s'enchassant par un art incroyable
Entre sa double épaule, en sens divers tournés,
Joints au front y formaient un tout épouvantable.

L'un figurait le teint des peuples basanés
Le masque a gauche offrait la couleur de la hure
De ceux que sur le Nil le sort a confinés;

Deux ailes au dessous ouvraient leur envergure,
Harmonie adventice à cet aigle géant :
Jamais navire en mer n'offrit telle voilure.

Point de plumes, tout nerf, laid développement.
Type chauve-souris; d'un aviron rapide,
Il agitait les airs, soufflait un triple vent
    Qui du Cocyte entier congelait le liquide.
Il pleurait par six yeux, sur trois mentons le pleur
Et le sang ruisselaient joints à bave fétide.

Chaque gueule broyait, triturait un pécheur,
Comme sous un brisoir ou dans une engrenure
Et d'un seul coup trois corps palpitaient de douleur.

Etre mordu n'etait que légère blessure,
A ce pécheur du centre, auprès de l'ongle ardent
Qui déchirait son dos jusques à l'écorchure.

L'âme au dessus vouée au plus dur châtiment
C'est le traître Judas, mon maître dut le dire,
Il gambille au dehors la tête sous la dent.

Des deux esprits livrés à douleur non moins pire
L'un dont le masque noir tient le bras, c'est Brutus;
Il s'agite, il se tord, souffre sans qu'il soupire.

L'autre, athlète membru, musclé, c'est Cassius.
Mais la nuit sur nos fronts se dispose à descendre,
Partons, il en est temps, au de-la rien de plus.

Serre-moi dans te bras, m'a-t-il dit — Sans attendre
Lui profite à propos du lieu, du bon moment,
Quand l'aile du démon eut cessé de s'étendre.

Il s'attache à ses flancs hispides, et glissant
De glaçons en glaçons, calme et plein d'assurance,
Entre poils et parois congelés, il descend.

Arrivés au dessus de son énorme pause,
Ou la cuisse à la hanche, y tourne en vrai compas,
Tel l'acier aimanté sur l'axe se balance.

Mon maître tourne alors pieds en haut, tête en bas.
S'accroche aux poils du monstre et tel qu'on grimpe
Et je crus qu'en enfer me ramenarent mes pas. | il monte.

Puis semblable a celui que la fatigue dompte :
Tiens bon, dit-il, il faut par ces durs échelons
Nous enfuir de ces maux pour notre propre compte.

Puis du percé d'un roc tous deux nous nous sauvons,
M'ordonne de m'asseoir au bord de l'ouverture,
Vient au près, et tous deux, là, nous nous reposons.

Je lève en haut les yeux : mon erreur me figure
Lucifer en l'état ou je l'avais laissé ?
Pas dutout ! je le vois en contraire posture.

Dire ce que sentit mon cœur n'est pas aisé,
Je le laisse à penser à ce simple vulgaire
Ignorant de ce point par ou j'avais passé.

Debout, me dit alors la voix qui me modère,
Debout, la route est longue et le chemin mauvais,
Et le soleil bientôt va cacher sa lumière.

Ce n'etait point le sol terrassé d'un palais,
Notre sol, mais ravin, œuvre de la nature,
Scabreux, âpre, ou le jour n'avait que peu d'accès.

Puisque nous voilà hors du gouffre de souillure
Maître, lui dis-je, avant de partir de ces lieux
Causons, explique moi l'erreur qui me torture ?

Ou donc la glace est-elle ? et le géant hideux,
Pourquoi de bas en haut ? par quel effet rapide
Phœbus a-t-il passé du soir à l'Est des cieux.

Il m'a dit: ton esprit s'égare dans le vide
Si tu crois être encor où je sus m'incruster
Au monstre axe du monde à la toison hispide!

Tu fus là bas le temps où j'ai dû, pu monter;
Où je me suis tourné fut le point médiaire
Ce point autour du quel tout corps vient graviter.

Te voila maintenant debout sous l'hemisphère
Antipode à celui qui fut aridité,
Sous le sommet du quel consomma son mystère

L'homme né, l'homme mort sans culpabilité;
Tu foules sous tes pieds le cercle parallèle
Au cercle dont le nom à Jude est emprunté.

Quand le jour luit ici, là le ciel se constelle:
Le géant dont le poil nous servait d'échelon
Y conserve sa place immuable, éternelle.

C'est du ciel qu'il tomba vers cette région,
La terre épouvantée en le voyant descendre
S'enfonça dans les flots, et leur invasion

Poussée en haut, d'ici, de là vint se répandre.
Celle qui t'apparait par horreur du géant
Laissant ici le vide en haut monta s'étendre.

Il est un lieu là-bas, lointain enfoncement,
Loin du démon autant que sa tombe est profonde,
L'œil l'ignore, on le sait du bisbis sémillant

D'un riusseau qui d'un autre épanche ici son onde
Hors du plan doux d'un roc qui, par le temps usé,
Limite en ses contours sa course vagabonde.

Nous prenons ce sentier, inconnu, mais aisé,
Nous nous hâtons tous deux à revoir la lumière
Sans songer au repos pour notre corps brisé.

Lui le premier et moi comme toujours derrière,
Si bien qu'enfin je vis, par l'orbe d'un pertuis,
Mille et mille beautés, que l'univers enserre.

Et pour revoir les cieux nous quittames ce puits.

FIN DU L'ENFER.

PURGATOIRE.

CHANT VI.

ARGUMENT.

Les négligents -- Sordello -- invective contre Florence.

Quand la Zara finit quand s'en vont les joueurs
Le vaincu reste seul, triste, l'âme abattue.
Il ressasse les coups leçons de ses douleurs.

Le vainqueur après soi traine une foule émue,
Qui lui presse les flancs, qui le prend par l'habit,
Qui parle à sa mémoire, et qui parle à sa vue.

Lui ne s'arrête point mais il écoute, agit;
Celui qu'ont satisfait ses précoces largesses,
N'insiste plus, ainsi d'eux il se garantit.

Tel me voyais-je au sein de ces muettes presses,
Cherchant partout des yeux à sortir d'embarras,
Et je m'en dégageais m'échappant en promesses.

Là je vis l'Aretin: Tacco tu l'égorgeas,
Là je vis ce guerrier qui dérobant sa vie
À son rival trouva dans l'Arno son trépas.

Là Novel implorait du ciel son amnistie;
Là j'y vis ce Pisan, né d'aïeux illustrés
Qui du bon Marzocco rechauffa l'énergie.

Là le comte Orso, puis âme et corps séparés
L'innocent immolé par la haine et l'envie
(C'était le bruit), mais non pour crimes avérés.

Desbrosses, veux-je dire, et qu'elle s'ingénie
Madame du Brabant dans sa captivité,
A ne descendre pas en pire compagnie.

Quand je fus dégagé de l'importunité
De ces ombres priant autrui, par leurs prières,
Pour qu'autrui leur obtint droit à la sainteté,

Je débutai; poéte, o ma douce lumière,
Tu nous dis quelque part que pour fléchir les cieux
L'oraison ne peut rien et qu'envain l'on espère:

Et ces esprits au ciel adressent tous leurs vœux,
Serait-ce en leur souffrance une attente stérile?
Aurais-je de ton sens mal débrouillé les nœuds.

Non, m'a-t-il dit, mon texte à saisir est facile,
L'espérance en leur cœur ne peut faire défaut,
Si tu sais l'estimer sans une vue hostile,

Car rien ne fait changer les arrêts du très-haut
Bien que le feu d'amour et parle et prédomine,
En qui gemit ici pour purger son écot.

Et dans les lieux où j'ai posé cette doctrine
Prier n'absolvait point un pêcheur condamné,
Car le damné manquait de la grace divine.

Tiens de ce point profond ton esprit éloigné,
S'il n'est sollicité de ce saint lampadaire
De l'esprit et du vrai médiateur inné.

Entends, c'est Béatrix que je veux qui t'éclaire,
Sur le plus haut sommet là-haut tu la verras
Riante d'un bonheur qui n'a rien d'éphémère.

O mon guide, ai-je dit, marchons, doublons le pas,
Je sens renaître en moi ma force habituelle,
Et déja des côteaux l'ombre s'allonge en bas.

Tant que le permettra le jour qui baisse l'aile
Nous gravirons du mont ce qu'on pourra gravir,
Mais comme tu le crois, la route n'est pas belle;

Car avant d'être en-haut tu verras revenir
L'astre dont le côteau nous voile la lumière,
Ces rayons que ton corps ne peut plus désunir.

Mais vois de ce côté cet esprit solitaire,
Et qui fort à propos vers nous tourne ses yeux,
Il nous dira par où la traite est courte à faire.

Nous allons droit a lui: Lombard silencieux,
Que tu nous présentais une bien digne pose,
Combien ton œil était calme et majestueux!

Immobile il tenait toujours la bouche close,
Nous regardait passer fort indifféremment;
Tel impassible et fier le lion se repose.

Mais Virgile l'aborde humble, et courtoisement;
Lui demande par où la plus directe route:
Il se tait sur ce point: mais tourne l'argument —

— Notre pays, nos mœurs — mon guide qui l'écoute
Brûlant de s'expliquer; Mantoue.... avait-il dit.
L'ombre qui jusqu'alors en soi s'internait toute,

Du seuil qui la retient part, s'élance, bondit,
S'écrie: O Mantouan, ton pays fut ma terre,
Et Sordello mon nom: puis chacun s'étreignit.

— « O servile Italie, o douloureux repaire,
Nef sans pilote au sein des flots tumultueux,
Non reine des cités mais Laïs à salaire. »

Cet esprit témoignant un zèle affectueux,
Fit au rappel du nom de sa terre natale,
A son concitoyen un accueil chaleureux:

Et de nos tristes jours une haine infernale
Fait déchirer entre-eux tes habitants pervers,
Eux nés, et clos au sein d'une mère légale.

Promène tes regards autour de tes deux mers,
Puis rentre-les en toi, malheureuse Italie,
Qu'y vois-tu? la paix? non, mais douleurs et revers.

À quoi bon Justinien voua-t-il son génie
A raccourcir ton frein, s'il n'a son cavalier,
Sans lui moins eut pesé sur sa tête avilie.

O peuple qui devrais enfin te rallier,
Et souffrir que Cesar t'accouple et te modère
Si tu sens ce que dieu sut te notifier.

Vois combien est rétif l'animal réfractaire
Que n'a point corrigé l'indolent éperon,
Quand tes mains ont saisi la guide salutaire.

O germanique Albert pour quoi, dans l'abandon,
Livrer la brute à sa sauvage indépendance,
Quand tu devrais vouloir puis enfourcher l'arçon.

Ah, tombe sur ton sang la céleste vengeance,
Effroyable et publique, et de ton successeur
Qu'elle glace d'effroi toute la descendance.

Car et ton père et toi souffrites, oh douleur!
Vous calmes en vos murs, vous ivres d'avarice,
Que l'Eden de l'empire y devint une horreur.

Viens, vois tes citoyens qu'assombrit l'injustice,
Homme nul, vois les uns éperdus, gémissants,
Les autres suspecter ta haine et ton caprice.

Viens, cruel, viens et vois tant d'honorables gens.
Pressurés sous ton joug; efface leur misère,
Santafior te dira son bien-être au dedans.

Viens, vois Rome, ta Rome, et triste et solitaire,
Et veuve, et jour et nuit se lamenter aux cieux
Ah, pourquoi mon César abandonner ta mère!

Viens, vois l'ardent amour de tes enfants entre-eux,
Et si ton cœur pour nous n'est que pitié muette
Viens rougir du renom de ta gloire en ces lieux.

Et si ma voix hardie ici n'est indiscrète
Grand Dieu, qui fus pour nous cloué sur une croix,
Détournes-tu ton œil de nous que tu réjette!

Ou préparerais-tu libre en ton propre choix
Dans tes conseils profonds quelque profonde chance,
Insaisissable à nous esprits bornés, étroits.

Car l'Italie en soi n'a plus d'indépendance
Les tyrans sont partout et le dernier manant
S'il adopte un parti se transforme en puissance.

Florence, fais sonner haut ton contentement,
Cette digression, non, n'a rien qui t'effleure,
Grace à ton peuple, heureux, oui dans son engoûement.

L'équité dans le cœur de bien des gens demeure,
Et tôt ou tard en naît une réalité;
Mais aux lévres des tiens elle n'est qu'un beau leurre.

Ailleurs on se refuse aux faix de la cité,
Mais au devant du joug ton peuple court et crie:
Je m'offre, et m'y soumets en toute humilité.

Pousse ta joie aux cieux puisque tout t'y convie,
Toi, cité riche, sage, et que fleurit la paix,
Le vrai, si je l'ai dit, l'effet le justifie.

Les Athéniens polis, les braves Laconais,
Ces vieux législateurs, pour la chose publique,
Firent au prix de toi de bien minces progrès,

De toi dont la subtile et fine politique
En novembre décout ce qu'en octobre on fit,
Tant est solide en toi ta sagesse pratique!

Que de fois en ces jours présents à ton esprit
Monnaie et règlements, mœurs et fonctionnaire,
Tout fut changé défait, renouvelé, proscrit.

Et si ton œil te guide et ton bon sens t'éclaire
Vois en toi cette femme en son lit de douleur
S'agitant sur la ouatte elle veut, craint espère

Et s'escrime à poursuivre un remède endormeur.

FIN DU CHANT VI.

NOTES.

L'admiration que l'Italie a de tout temps professée pour Dante a pénétré aujourd'hui plus que jamais chez les étrangers. L'Allemagne compte trois traductions en vers, une quatrième a été publiée par Höffinger, enrichie de notes. L'auteur a fait usage du tercet allemand, et ne s'est point assujeti à la triple rime de Dante. Il a suivi pas à pas le texte de chaque cantique sans un vers de plus. Son style se soutient à la hauteur de son modèle.

Début du 33me chant de l'enfer.

Den Mund erhob vom grauenvollen Male
    Der Sünder, ab ihm trocknend an dem haar
    Des Hinterhaupts, dem er benagt die Schale
Und sagte dann : Verzweiflungsvolle Trauer
    Soll ich erneuen, die mein Herz fürwahr,
    Noch eh ich red' beim Denken drückt mit Schauer.
Doch soll aus meines Wortes Saatkorn brechen
    Der schande Frucht für, den mein Mund
    Zermalmet hier, so will ich weinend sprechen.
Ich weiss nicht, wer du bist, noch wie gekommen
    Hieher; doch gab als Florentiner kund
    Dein Wort dich mir, sobald ich es vernommen.

HENRI LONGFELLOW.

Les litterateurs américains qui ne peuvent lire Dante dans l'original en apprécieront le génie par la traduction de Longfellow. L'indépendance du vers *sciolto* a laissé au traducteur toute latitude à reproduire vers pour vers la littéralité, les hardiesses de son poète, dans une langue qui, savante comme est l'anglais, se plie à toutes les fantaisies d'une imagination ardente et passionnée. Longfellow si nous en jugeons par les notes, et les poésies qui précèdent chacun des chants de la divine Comédie a été un des plus enthousiastes admirateurs de Dante : *it may seem almost absurd to quote particular specimens of an excellence wich is diffused over all his hundred cantos. I will however instance the third canto of the inferno and the sixth of the purgatorio, as passages incomparable in their kind, the merit of the latter is perhaps rather oratorical than poetical; nor can i recollect any thing in the great athenian speeches wich equals it in force of invective and bitterness of sarcasm. I have heard the most eloquent statesman of the age remark that next Demosthenes, Dante is the writer wo ought to be most attentively studied by very man who desires to attain oratorical eminence.*

Dans les illustrations qui suivent le poéme Longfellow passe en revue la plupart des anciennes légendes, et cite les passages des divers auteurs anglais qui ont écrit sur Dante : ce sont entre autres : Dante jugé par Thomas Carlyle. Le parallele entre Dante et Milton par Macaulay.

Dante et Tacite par Milman etc. etc.

Début du 33me chant de Longfellow.

His mouth uplifted from his grim repast,
That Sinner, wiping it upon the hair
Of the Same head that he behind had wasted.
Then he began : — thou wilt that i renew
The desperate grief which wrings my heart already
To think of only ere i speak of it;
But if my Words be seed that may bear fruit
Of infamy to the traitor whom i gnaw,
Speaking and weeping shalt thou see together,
I know not who thou art, nor by what mode
Thou hast come down here; but a Florentine
Thou seemest to me truly when i hear thee.

Pag. 2, vers Depuis la mémorable.

Le cor de Roland ainsi que le dit l'archéveque Turpin avait une telle puissance que quand il résonnait tous les autres cors s'éclataient; il n'eut au dessus de lui que le cor d'Alexandre que six guerriers embouchaient et qui retentissait a six milles.

Erratum. Page 16, vers 17.

Sous leurs langes — *lisez* sous leurs voutés...

TABLE GÉNÈRALE DES MATIÈRES

MÉLANGES LITTÉRAIRES (1870).

Hymne Ismaïl	*pag.*	6
Le salut du Poète	»	9
Épisode de la Messiade. (Songe de Judas)	»	14
Idem (Cantique de Sélima). . . .	»	19
Chant 1.er du Purgatoire (Voir Traduct. Parad., 1862)	»	97
» 6.me idem (V. Fables de divers auteurs.		
Suppl. 1872).	»	25
» 9.me idem (Mélanges 1870)	»	26
» 10.me idem (Notes du Paradis). . . .	»	103
» 11.me idem (Mélanges 1870)	»	31
» 12.me idem (Notes du Paradis). . . .	»	109
» 27.me idem idem	»	117
» 28.me idem idem	»	123
» 29.me idem (Mélanges 1870)	»	37
» 30.me idem idem	»	43
» 31.me idem idem	»	49
» 32.me idem idem	»	55
» 33.me idem idem	»	61

FABLES DE DIVERS AUTEURS.

Notice sur les fabulistes italiens	*pag.*	iij
Fable I......... Le faux héroïsme	»	3
» II........ L'absolutisme juste	»	5
» III...... Les limites du bien et du mal.	»	7
» IV....... Le baromètre	»	ivi

Fable V .... Le perroquet, le chat et la vieille . . . *pag.* 9
» VI....... L'hirondelle et le chardonneret . . . . . » 11
» VII..... Le maréchal ferrant et le poulain . . . . » 14
» VIII.... Les animaux en guerre . . . . » 15
» IX....... La vigne et l'horticulteur . . . . . . » 17
» X......... Le riche érudit . . . . » 20
» XI....... Le chat musicien. . . . . » 22
» XII..... La guerre entre les oiseaux et les brutes. » 24
» XIII.... L'ortie et la rose. . . . . » 28
» XIV.... Le rossignol et l'hirondelle . . . . . . » 30
» XV..... Le potiron et le pommier . . . . . . » 32
» XVI... Le rameau, l'arbre, la terre et le soleil . » 36
» XVII.. Les deux pins. . . . . » 37
» XVIII. Le lièvre et le pommier . . . . » 39
» XIX.... Les deux colombes de Cythère. . . . . » 41
» XX..... Le serpent et le hérisson. . . . . . . » ivi
» XXI... Le zéphir, l'abeille et la rose . . . . . » 42
» XXII.. Les quatre S. S. S. S. . . . . » 43
» XXIII. La fumée et le nuage. . . . . » 44
» XXIV. Les deux pruniers . . . . » 45

CHANTS DE L'ENFER DU DANTE

Chant 1.er de l'Enfer (V. Notes du Paradis, 1862). . *pag.* 83
» 2.me idem idem . . » 67
» 3.me idem idem . . » 157
» 4.me idem (V. Fabl. de div. aut.-Supp. 1872) » 1
» 5.me idem (V. Notes du Paradis, 1862, t. 2.º) » 164
» 6.me idem (V. Fabl. de div. aut.-Supp. 1872) » 7
» 7.me idem idem . . » 12
» 13.me idem (V. Notes du Paradis, 1862). . » 88
» 31.me idem (V. Fabl. de div. aut.-Supp. 1872) » 1
» 32.me idem idem » 7
» 33.me idem idem . » 13
» 34.me idem idem 19

ERRATA

FABLES DE JERICA.

Page 58 vers 1, *Lisez*: Si fidèle à ma voix,
 „ ivi „ 8. „   Du fond du cœur j'évoque ta sagesse
                    Ne me repousse pas,
 „ 59 „ 14. „   Voulant faire sa cour à l'oiseau domestique
                    Grand gourmand, gai jaseur
                    Et vorace mangeur.
 „ 15 „ 15. „   nés pur sang;
 „ 45 „ 4. „   de mes jardins

MÉLANGES LITTÉRAIRES.

Page 17 vers 18, *Lisez*: où s'est empreint
 „ 26 „ 8, „   .... Hébé futur des Dieux.
 „ 34 „ 9, „   être envers lui courtois....
 „ 40 „ 27, „   escortés par les vents
 „ 41 „ 19, „   on aurait dit le char
 „ 44 „ 15, „   examine, encourage.
 „ ivi „ 16, „ tel à gauche du char
 „ 60 „ 8, „   fit surgir
 „ 62 „ 28, „   un cinq-cent dix et cinq
                    D. X. V fait allusion au mot Dux.
 „ 65 „ 15, „   quelqu'un se justifie.

FABLE DE DIVERS AUTEURS (Supplément).

Page 9 vers 10, *Lisez*: et m'éclipse les yeux.
 „ 15 „ 5, „   mes fils pleuraient; mon père
 „ 17 „ 15, „   pour la figue.

OUVRAGES DU MÊME AUTEUR.

La Divine Comédie de DANTE ALLIGHIERI.

Le Paradis traduction nouvelle envers français texte en regard, tercet et triple rime; précédée d'une chronologie de la vie de Dante - d'un discours préliminaire — traducteurs modernes anglais, allemands, français etc. — Dante et Klopstock — Dante poète satirique etc., ornée de cinq gravures et de notes, 2 vol. in-8.0, prix 15 fr. Vigo, typographe, Livourne; suivie d'un Supplément de quinze chant: de l'enfer le 4. 6. 7. 31, 32. 33. 34 — du purgatoire 6. 9. 11. 29. 30. 31. 32. 33 avec figures. Dante transporté par Lucie devant l'entrée du purgatoire etc.

NB. Les chants de l'enfer 1. 2. 3. 5. 19 — les chants du purgatoire 1. 10. 12. 27. 28 se trouvent dans les notes du paradis.

Fables de Don Paolo Jerica traduites pour la première fois en vers français par H. T. 1 vol. in-8.0 Vigo, typographe, Livourne 1870.

Mélanges littéraires. Prose et vers in-8.0 par H. T. Vigo, typographe, Livourne, 1870.

MANUSCRITS À CEDER À L'IMPRESSION.

Les **Fables de Clasio.**

Les **Fables de Bertola.**

Les **Dialogues** des morts et pensées philosophiques de LEOPARDI traduits en français pour la première fois par H.te Topin professeur de littérature.